6
わたしが恋人に
なれるわけ
な
ムリムリ!
(※ムリじゃなかった!?)
WATA-NARE
著 みかみてれん
画 竹嶋えく
JN054270

「あたし、きょうから
不登校になるから」
遥奈
はるな
れな子の妹。
しっかりものの陽キャ。

「だいじょうぶですぅ、待ち合わせですぅ♡」
星来
遥奈の友人。
JCコスプレイヤー
〝せらら〟として活動中。
「きょうは遥奈のことで
お話があると聞いて来ました」
湊
遥奈の友人。
ファッションデザイナーを
夢見る女の子。

「お姉ちゃん、脚がじゃまだなー」
「あんたこそでしょ。ムダにこんなでっかくなって……」

わたしたちはなんとか
位置を調整し、
それぞれ浴槽に背を預けて
正面から向かい合う
体勢に落ち着いた。

{紗月&香穂 with チャイナ服}

CONTENTS

プロローグ …… 010

第一章　衝撃の宣言に、わたしの心はすでにムリ！ …… 059

第二章　わたしにしかできないことなんて、そんなのムリ？ …… 114

第三章　妹の助けになるのは、やっぱりムリ！ …… 198

第四章　わたしにお姉ちゃんができるわけないじゃん、ムリムリ！ …… 274

甘織遥奈のお話　その1 …… 308

琴紗月のお話　その1 …… 312

ダッシュエックス文庫

わたしが恋人になれるわけないじゃん、ムリムリ！（※ムリじゃなかった!?）6

みかみてれん

プロローグ

みなさま、ごきげんよう。うふふ、甘織れな子ですわ。

世界というものは、本当にきょうも美しいですわね……。わたくしはこの世界のすべてを愛していますわ……。まるで宝石みたいな至上の日々を……。

秋をすっ飛ばして、冬に手が届きそうな十一月の放課後。道端を歩きながら、わたしはスキップめいた足取り（甘織れな子はスキップができないので……）で、幸せを噛みしめていた。

いったいなにがあったのか。

それはね、ふふふ……。

紫陽花さんと、キスをしたんだよォ！

あれからしばらく経ったけど、無敵気分は上々に継続中。わたしの自己肯定感は常にＭＡＸで、永遠に消えることのないチート能力を手にしてしまったかのようだった。

そう。すれ違う散歩中の柴犬を見下ろしながら、わたしは胸に手を当てて思念で訴える。

このわたしは、望めばいつでも紫陽花さんからキスをしてもらえる立場になったということ。

どうだ？　羨ましいか、イヌ。

街を彩るように咲くサザンカを見上げて、わたしは穏やかに微笑んだ。

確かにね、綺麗だよ、あなたもね。まあまあイケてるんじゃない？　だけど、この心に咲いた可憐な紫陽花の花に比べたら……なんて、ふふっ、ごめんね。比べちゃうのはさすがに意地悪だったよね☆

街中にアイラブユーを叫びたい気持ちで、わたしは踊りながら待ち合わせ場所に到着する。

すると――。

「遅いぞー！　れなちん！」

そこには、目を吊り上げた香穂ちゃんが待っていた。

「10分遅れだよ！　別に遅れてもいいけど、遅れるんだったらちゃんと連絡するとかさぁ」

わたしはふぁさぁと髪をかきあげる。

「ごめんごめん、香穂ちゃん。ちょっとワンちゃんとか、お花さんにご挨拶してたら、遅れちゃったね。めんご☆　でもさ、わたしの可愛さに免じて許してよ。ね」

「なんだァ？　てめェ……」

香穂ちゃんが目を細める。圧を感じる。

いやしかし、ここで香穂ちゃんに怒られたとて『でもわたし紫陽花さんからキスしてもらえたし』って思えるので、やはり紫陽花さんのキスの力は絶大だった。

これから先、わたしが何事にも真面目（まじめ）に取り組まない怠惰（たいだ）な人間になったとしても、でも、確実な幸せが保証されている。なんせわたしは紫陽花さんにキスされた女――。

「まったくもー。ねー、紫陽花（アーし）ちゃん」

すると、香穂ちゃんが隣に立つ誰かに話を振った。

「う、うん。ちゃんと連絡くれないと心配しちゃうからね？　だめだよ、れなちゃん」

その美少女――瀬名（せな）紫陽花さんに「めっ」と叱（しか）られ、わたしの未来予想図は粉砕された。

で、でも、わたしは！

わたしは紫陽花さんにキスしてもらえて……！

だけど、ここで紫陽花さんに嫌われてしまったら、その機会はもう永遠になくなる……!?

足元が揺らぐ。

両手で顔を覆（おお）う。わたしはゴミだ。与えられた幸せのあまりの大きさに目が眩（くら）み、自分の立ち位置を見失っていた。そう、あれはわたしががんばった結果のご褒美（ほうび）なのだ。無為に過ごしているだけで手に入るログインボーナスではないのだ。

いちばん大事なことを忘れていた。紫陽花さんのキスを手に入るためには、これからも、これまで以上にがんばり続けなければいけないということを。

そうでなければ、いつかは紫陽花さんに見捨てられ、紫陽花さんのキスはわたしじゃない誰かのものになってしまう。

一度手が届いてしまったからこそ、なおさらその価値がわかる。

わたしはさめざめと泣いた。

「ご、ごめんなさい……。わたし、がんばるから……。これからもずっと！　永遠に！　見捨てられないように、ちゃんとがんばるから！　がんばるからぁ！」

「そ、そんなには怒ってないよ!?」

「めんどくさい女だなあ！」

香穂ちゃんの叫びがショッピングモールの入り口に響く。

わたし、がんばるからぁ！

この日の放課後、わたしと香穂ちゃん、そして紫陽花さんの三人は、ショッピングモールへお買い物に来ていた。

わたしだけ先生に呼び出されちゃったので、香穂ちゃんと紫陽花さんには先に行ってもらっていたのだ。そこで設定した時間を守れなかったのは、わたしの不徳の致(いた)すところ……。

「ま、いいんだけどねー。ちゃんとお買い物もできたし」

一通りショッピングを終えて、カフェへ。

買い物袋を脇に置いた香穂ちゃんが、ほくほく顔でココアに口をつける。

「最近、急に寒くなってきちゃったもんねえ」

同じく買い物袋を荷物置き用のかごに入れた紫陽花さんが、両手でハーブティーのカップを持ち上げて微笑む。

このふたり——小柳(こやなぎ)香穂ちゃんと、瀬名紫陽花さんはわたしのクラスメイトだ。他二名合わせて、クインテットと呼ばれている。まるでアイドルグループみたいな名前だけど、扱いはたぶんあんまり変わらない。

小柳香穂ちゃんは、小柄で髪を片結びにまとめているスーパー陽キャな美少女だ。いつもお日様みたいな笑みを浮かべていて、コミュ力はクインテットの中でも随一(ずいいち)。とても顔が広く、上級生から同年代まで分け隔(へだ)てなくかわいがられている。芦ケ谷(あしがや)高校の妹だ。

多くのグループに所属しているため、ほったらかしだとラインのログが一日で９９９件溜まるらしい。わたしにはまったく想像できない人生だけど、本人はいつでも楽しそう。

ただし、コンタクトを外すと陽キャのコスプレが解けて、わたしと同系統の陰キャになってしまうという嘘のような弱点がある。陰キャになった香穂ちゃんは、それはもうかわいいので、毎日メガネで登校してきてほしい。わたしがマウント取れるようになるので！

さらに、もうひとり。

瀬名紫陽花さんは、わたしのカノ……カ……大切な人だ！

背はわたしと同じぐらい。手入れを欠かさないふわふわの長い髪に、軽くウェーブをかけている。そのにこにこ笑顔から放たれる癒し効果は、よちよち歩きのペンギンの赤ちゃん二億羽分。優しくて、かわいくて、親切で、とても同じ人間とは思えない。芦ケ谷の天使である。

自分からどこにでも首を突っ込んでいく香穂ちゃんとは違って、紫陽花さんは基本的に受け身で、話しかけられると応対してくれるタイプのコミュ強だ。なので、割とわたしのそばにいてくれる。紫陽花さんはわたしにとって、学校という真空空間を生き抜くための、宇宙服だ。

本当にいつもいつもすごくお世話になっているので、お世話になっている人にジュースをオゴる法律が施行されたら、わたしは今すぐ紫陽花さんの家をオレンジジュースで沈めなければならなくなるだろう。もちろん、香穂ちゃんの家もだ。

そして、そんな完璧美少女の紫陽花さんとわたしは、付、き、合、って、い、る。

もともとわたしの推しだった女の子とどうしてこんなことになったのか、今となってはよくわからないけれど、とにかくわたしは幸せだった。

先日はキスまでしちゃったんだよ、へへへ……。紫陽花さんのファーストキスらしい。

これってもうわたしが紫陽花さんの人生を背負うことになったのかな？

やばいね、それわたし程度ががんばってどうにかなるんだろうか……。紗月さんとのときは、真剣に向き合ったら死んでしまうからって、事実から全力で目を背けていたのに……。

急に吐きそうになってきた。

「ごめんね、紫陽花さん……」

「えっ!? だ、大丈夫だよ。遅れるって、次からなるべく連絡してくれればいいから、ね？

こ、こっちこそ言い過ぎちゃって、ごめんね」

めっ、の一言すら言いすぎたと頭を下げる紫陽花さんを見て、わたしはものすごい罪悪感に襲われた。

たぶん……。わたしと付き合っていなければ、紫陽花さんは一国の王子様とかお姫様みたいな人に見初められることになったのだろう。舞踏会かなにかで……。

それから世界に愛されるお姫様として、国政や外交、世界平和に尽力したりして、地球でいちばん幸せな人生を送るのだ。その人生を、わたしが横から略取してしまった……？ 平凡、普通、量産型女子を目指すこのわたしが……。大犯罪者じゃん……。

「なんかれなちん、またあんどくさいこと考えてる顔してるにゃあ。いいよいいよ、ほっとこアーちゃん」

「ええ……？ でも……」

「ね、ね、アーちゃんってきょうはまだへーき？」

「うん、大丈夫だよ。きょうはね、お母さんがチビたちの面倒見てくれているから」

「やったぁ！ だったらどうしよっかな、あたしケーキも頼んじゃおっかな！」

「あ、じゃあ私も」

香穂ちゃんと紫陽花さんが楽しそうにお喋りをしているのを聞きながら、わたしはいったん再起動することにした。ここでわたしひとりが落ち込んでいるとか、さすがにうざいし！　落ち込むのは家でひとりお布団の中でいいんだよ！　ほらほらメンタルリセット！

ムリヤリわたしが顔をあげると、そのタイミングで香穂ちゃんがメニューを渡してくれた。

「ほらほら、れなちんはなににするんだい？」

「あ、じゃあわたしは、チョコレートケーキで……」

「あいよー。すみませーん」

香穂ちゃんが率先して三人分を頼んでくれて、おもむろに立ち上がる。

「それじゃあたしちょっとトイレいってくるんで！」

「あ、いってらっしゃい」

手を振る。残されるわたしと紫陽花さん。謎の気まずさ！

紫陽花さんの大きな瞳が、心配そうにわたしを映す。

「それで、れなちゃん。またなにか、悩みごと？」

「そ、そういうわけじゃないんですが……。なんか、幸せすぎてこわいっていうか……」

「あー……そーゆー……」

自分で言っておいて、なんて面倒くさい女なんだコイツ……、と思った。

「私の気持ち、ちょっとは伝わったと思ったんだけどなー……」

「そ、それは！　もちろん！」

ほんの少し唇を尖らせた紫陽花さん（唇を！）に、わたしはあたふた言い訳する。

「わたしは紫陽花さんのことが大事で、紫陽花さんもわたしのことが大事で！　だから、がんばるって決めたわけで……。でも、ちゃんとがんばらないとな、って気合いを入れ直したっていうか！　肩に力入りすぎちゃっているっていうか！」

「んー……。でも、うん。そこがわかってくれたのなら、いいかな」

紫陽花さんは、ぱっと微笑んだ。う、かわい。

「気にしていることがあったら、なんでも言ってね。どんな小さなことでもいいから。私もね、れなちゃんのこともっともっと知りたいって思っているから」

「は、はい……」

紫陽花さんはそう言ってくれているけど……。とはいえわたしだって、わたしの嫌いな部分を好き好んで、好きな人に見せたいとは思えない。そんなかまってちゃんみたいなこと……。だから、わたしはわたしにできることは、精一杯がんばって。もし本当にピンチに追いやられて、こないだ熱を出したときみたいにどうしようもならなくなったときは、そのときは。

「……ちゃんと、頼りにさせてもらいます、紫陽花さんのこと」

「うん」

紫陽花さんはそこでようやく安心したように微笑んで、それから指を一本立てた。

「あ、私に言いづらいことだったら、真唯ちゃんに言うとかでも、いいからね。私より真唯ちゃんのほうが、話しやすいかもだし……」

「えっ!?　なんでそんなこと言うんですか紫陽花さん!?」

「ん～、なんとなく～」

他意のなさそうな声でめっちゃ含みある言葉をはく紫陽花さん。

わたしは大いにたじろいだ。

「ち、違いますよ!?　わたしと真唯は、なんというか！　本来お互いちゃんと気を遣って遠慮しなきゃいけないような部分がガバガバになってて！　それで距離感バグってるだけですから！　よくないことなんですよ!?　絶対的に正しいのは、紫陽花さんのほう！」

「そっかぁ～」

ぜんぜん信じてなさそうな顔するじゃん！

うん、と紫陽花さんは両手を合わせて、天使の笑みを浮かべる。

「じゃあ、いつか私のことを真唯ちゃんみたいに『紫陽花』って呼んでくれたら、そのときはちゃんと信じるね」

「…………………えっ!?」

わたしはまざまざと紫陽花さんを見つめた。

突然、髪を乾かしている最中にドライヤーが喋りだしたような、サルの支配する惑星だと思っていた場所が地球だと知らされたような、常識が根幹から揺らぐ感覚を味わう。

「紫陽花さんを……呼び捨て……？」

「う、うん」

しばらく呆けた後、わたしは静かに首を横に振った。

「ごめんなさい、紫陽花さん……。それだけはムリです……」

「そんなに……？」

「ゾウが空を飛べないように、わたしは紫陽花さんを呼び捨てにはできないんですよ」

「そんなに!?」

生物学的知見から見解を述べると、紫陽花さんは頭を抱えた。

「そ、そっか……。じゃあ、なんか、気軽に言ってごめんね……。そんなに強い信念をもって、私のことをさん付けしているなんて、知らなくって」

「そうですよ。紫陽花さんのことを呼び捨てにしろだなんて、さすがの紫陽花さんでも言っていいことと悪いことがありますよ」

「そんなに…………」

わたしが腕組みをすると、紫陽花さんは悲しそうにつぶやいた。とはいえ、さすがにそこを揺るがすわけにはいかない。

以前、紫陽花さんを妹扱いしたときに『紫陽花ちゃん』と呼んだこともあったが、あれだってごっこ遊びだったからギリギリだ。

紫陽花さんが雰囲気を変えるように、明るい声をあげる。

「でもでも。言われてみたら、私もれなちゃんのこと、呼び捨てにするのは難しいかも」

「紫陽花さんに言われる分には、ぜんぜん構わないんですけど」

わたしの目を見つめながら、紫陽花さんがお姉ちゃんみたいに微笑んだ。

「れな子」

「──!?」

急に来るじゃん……。

紫陽花さんがテーブルの上に手を伸ばして、わたしの目を見つめてくる。

「ね？　れな子」

「うう」

なんか、なんか、人間より上位の存在に猫かわいがりされているような、そんな圧倒的なまでの逆らえなさと、恥ずかしさを感じる！

これカフェで対面に座っている場面だからまだいいけど、ふたりっきりで耳元でささやかれたら、秒でお腹(なか)見せて降伏しちゃいそう！

「あ、紫陽花さん……」

「……れな子」

招かれるみたいに、そろりそろりと手を伸ばしてゆく。すると、わたしの指が紫陽花さんの手のひらに接触する前に、紫陽花さんは手を引っ込めた。

「あはっ」

頬を赤くして、紫陽花さんが笑う。

「さ、さすがにちょっと、恥ずかしかったね、れなちゃん」

「そ、そうですね、紫陽花さん……」

はぁぁぁ……！　わたしも照れ笑いしながら、心の中で全力で息をつく。

紫陽花さんのこと、好きだなあ！

この人、ほんっとにかわいい！　もう、すごく好きー！

そんな風に、ふたりしてもじもじしていると、香穂ちゃんがトイレから戻ってきた。

テーブルの横で立ち止まり、つぶやく。

「……なんか、甘酸っぱい匂いがするにゃあ」

「えっ？」

わたしが顔をあげると、香穂ちゃんはこれ見よがしに。

「えい」

紫陽花さんの膝の上に座った！

「な、な、な、な！」

教室とかで、たまに冗談で女の子が女の子の膝の上に座ったりすることはある。だけどここはカフェで、しかもそこは日本三景のひとつ、紫陽花さんの膝の上で……。

わ、わたしだって座ったことがないのに！

傾奇者ですらドン引きしそうな香穂ちゃんの傍若無人な振る舞いに、紫陽花さんはさぞかし迷惑がっているだろうと見やれば。

「急に、どうしたの？　香穂ちゃん」

「なんとなく！」

またなんとなくだよ！　そんなんで厳しい世の中を渡っていけると思ってんのか、この女子高生がよぉ!?

しかし紫陽花さんは一切嫌がってなかった！　なんで!?

「あ、そういえば、後で文房具屋さんに寄ってもいいかな？　チビたちのぶん買っていくの、忘れちゃってて」

「うん、モチのロン！」

「っていうかなんで普通に話しているの!?」

「え？」

紫陽花さんが目を丸くした。

いや、そんなかわいい顔をされても！

「膝に乗ってない!?　香穂ちゃんが！　え、なにこれ、わたしにだけ見えているの!?」

「急にこわいこと言い出すにゃあ、れなちん。こんなのいつものことじゃん」

「いつも!?　いつもやってた!?」

香穂ちゃんが紫陽花さんの両手を動かして、シートベルトみたいに自分のお腹に当てさせた。つまり、後ろからぎゅっと抱きしめられる形だ。おいお前！　いい加減にせえよ！

「そんな紫陽花さんを自分の私物みたいに……！」

「なにを言っているんだい、れなちん。まるであたしがムリヤリやっているみたいに言うけど、こうするとアーちゃんは喜ぶんだよ」

「そんなばかな」

ちっちっちっと、したり顔で指を振る香穂ちゃん。膝に乗って喜ぶなんて、そんなのペットか赤ちゃんか孫ぐらいなもんでしょ……と思いきや。

「ねー」

「う、うん」

にっこりと至近距離で香穂ちゃんの笑みを浴びて、紫陽花さんがわずかに頬を染めてうなずいた。えっ!?!?!?

紫陽花さん、ついさっきわたしと雰囲気いい感じじゃなかった!?

お膝に乗せた香穂ちゃんを後ろから抱きしめながら、紫陽花さんがまるで夜中にドーナツをかじっている姿を家族に見られたような、どこか恥ずかしそうな顔で微笑む。

「香穂ちゃん、かわいくて」

それは否定できる要素ないけど……。

「うちって、下の子ふたりとも弟でしょ？　かわいいけど、男の子だから……。だから私ね、ちっちゃい女の子がかわいくて仕方なくって……。ほら、香穂ちゃんの手って私よりずっとちっちゃいんだよ。不思議だよね、身長だって5センチぐらいしか離れてないのにね」

「くすぐったいにゃあ」

香穂ちゃんが目を細めて笑う。わたしは目の前で繰り広げられるあじかほの宴に、なにも信じられなくなりそうだった。

いや、でも確かに……。学校でも、紫陽花さんと香穂ちゃんはふたりでいるときに、なんかほんわかとした空気を漂わせていた気がする……けど……！

「あ、ケーキ運ばれてきたね。ええと、このままじゃちょっと、食べにくい、かな？」

「じゃあ、あたしがあーんしてあげよう」

「はーい」

「!?!?」

スキンシップ多めな紫陽花さんと、スキンシップ多めな香穂ちゃんがふたり組み合わされると、そんなことになっちゃうの……!?

ふたりともいつものことって顔してるし、わたしよりよっぽどイチャイチャしてんじゃん！

そこで香穂ちゃんが急にわたしを見やる。

「れなちん、もしかして羨ましーノ？」

「えっ⁉　いや、別にですけど⁉」

「フーン。そっかそっか。ま、アーちゃんのお膝の上は、あたしの特等席だからね」

と言うその顔は、おもちゃをねだる幼児の前で買ってもらった同じおもちゃを抱えて勝ち誇る性格の悪いお坊ちゃんそのものだった。

「表出ろぉ！」

「えっ、えっ⁉」

紫陽花さんが慌てふためく。しまったっ。

「れなちゃん、ごめん。えと、これ、だめだった……？」

「あっ、いや、それはその」

紫陽花さんの申し訳なさそうな声に、わたしの頭が一瞬で真っ白になる。しまった。そういうつもりじゃなかったのに！　ぜんぶ香穂ちゃんのせいだ！

「紫陽花さんは悪くないので大丈夫です！　紫陽花さんの為すことは常に正しくて、人類はまだその愚かさゆえに時として道を踏み外すことはあるかもしれませんが、いつかきっと共存できる日が来ると、信じていますから！」

「それは、どういう……？」

「れなちんが、また適当言っているだけだにゃあ」

通勤中のサラリーマンをあくびしながら見送る野良猫みたいに言う香穂ちゃんは、紫陽花さんのお膝から立ち上がって。

「まっ、とりあえず食べにくそうだから、どいてあげるね」

「う、うん」

明るい声をあげて、香穂ちゃんは元の席に戻った。わたしが睨みつけると、香穂ちゃんがしてやったりのウィンクを飛ばしてくる。完全にわたしへの当てつけじゃない!?

「しっかし、アーちゃんはイイお姉ちゃんしているよねー」

「え、えー？　そっかなぁ」

ケーキを食べつつ、ふたりは日常会話に戻る。わたしはいまださっきの光景にドキドキしてしまっている……。

「いっつも弟くんたちのこと優先してあげて、優しくて美人でかわいくて最高すぎ。あたしもアーちゃんみたいなお姉ちゃんがほしかったにゃあ」

それはそう。

「褒めすぎだよぉ。そういえば香穂ちゃんも、前にお姉ちゃんがいるって言ってなかった？」

「あー、うん。うちはねー、パパさんが再婚して、義理の姉ができたのです」

え、そうだったんだ。

香穂ちゃんはフォークを咥えながら、もへもへ喋る。

「ま、あんまり喋ったりしないんだけどねー。趣味もぜんぜん違うッポイし。なんというか、探り探り、みたいな？」

「おうちの中に他人がいるみたいな……」

「そーゆう感じ」

自分に当てはめて想像すると、めちゃめちゃ気まずかった。いやでも、香穂ちゃんはわたしと違うから、すぐに仲良くなれそうだけど。

「んー、もしかしてあたしが嫌われてるのかも。ほら、あてぃしって美少女だし？」

頬に手を当ててぱちぱちと瞬きを繰り返す香穂ちゃん。それからぷふっと笑って。

「アーちゃんみたいなお姉ちゃんだったら、すぐ打ち解けられたんだろうけどね。あるいはれなちんみたいな天然なお姉ちゃんだったら」

「天然!?」

え、初めて言われた……。

天然って『わたしオムライス食べられないんですよぉー☆　だってひよこちゃんがかわいそうじゃないですかぁ☆　えーんえーん☆』みたいな女を指すんだと思ってた。

それわたしか？　違うよね？　じゃあわたし天然じゃないよね？　証明終了だよね？

「あ、でも、れなちゃんのところは、姉妹仲すっごくいいよね」

「えー……？」

なぜだろう。紫陽花さんにそう言われると、どんな手を使ってでも否定したくなってくる。

「れなちんの妹さんって、あの、バスケのときに練習手伝ってくれた子だよね」

「うん。遥奈(はるな)ちゃんって言ってね、礼儀正しくてまじめないい子なんだよ」

「れなちん、めちゃめちゃ首ひねってるけど」

「なんで!?」

どこのハルナちゃんのことかな。近くにも甘織って姓の家があるのかもしれない。

「うちの妹は……。生意気で、ちゃっかりしてて、口喧嘩強くて、姉にすぐマウント取ってくる獅子身中(しししんちゅう)の虫みたいなやつだよ」

「すげえ言うじゃん」

「それってどこの遥奈ちゃん!?」

おかしい。紫陽花さんとわたしの認識が一致しない。あいつ二重人格なのか？

「え、えっと、身内のことは素直に褒めづらい、ってことだよねっ」

紫陽花さんが綺麗にまとめてくれる。わたしは妹の悪行リストを公開したくなったが、それで心が狭い女と思われるのは嫌で、思いとどまることにした。感謝しろよ、妹。

「お、そーいえばこの三人って、クインテットの中でも兄弟姉妹がいる三人じゃん。マイマイもサーちゃんも一人っ子みたいだし」

「香穂ちゃんが妹で、わたしと紫陽花さんがお姉ちゃん、だね」

すると、香穂ちゃんが口元に手を当てて、わたしを見ていたずらっぽく笑った。

「なんかれなちんって、あんまりお姉ちゃんって気がしないよね。末っ子っぽい」

「甘やかされて育てられた感あるってこと!?」

わたしが悲鳴をあげると、紫陽花さんも笑った。

いやいや、わたしお姉ちゃんうまかったよね!?　ね、紫陽花ちゃん！　ね、ね!?


楽しい楽しいお買い物を終えて、わたしは帰路につく。

ふっふっふ。初めて自分ひとりで靴を買っちゃった。

妹の力を借りることなく！　わたし高校デビューからこんなに進化しちゃうなんて、すごいなー。来年には、ひとりでスタバいってなんとかフラペチーノも縦横無尽（じゅうおうむじん）（？）に頼めるかもしれない。

と、最寄（もよ）り駅を出て、家の近くまでやってきたところで、ふと見慣れた人影を見つけた。

公園の中。ブランコに座っているのは、さっきまで話題にあがっていたわたしの妹――甘織遥奈だった。

あれ？　なにしてんだろ？

中学校の制服を着て、きーこきーことブランコを揺らしてる。通学用のリュックも背負ってるから、学校帰りっぽい。この時間はまだ部活やっているはずだけど。

どことなく雰囲気が暗い。遠目だからよくわからないけど……なんか、ショックなことがあった、のかな？

ははーん。そういうことか。

ビビっときた。わたしはほくそ笑みながら、妹に歩み寄る。

「なにかお困りのようだね、妹」

「お姉ちゃん？」

顔をあげた妹が、不審げに眉をひそめる。

「……なに？　顔キモいんだけど」

こいつ……。早速また陰キャに禁句を……。わたしがここで傷ついて泣き喚いたらどうするんだ。さぞかし困るだろう。やってやろうかな。

よからぬ考えを頭から追い出しつつ、わたしは隣のブランコに座る。

「どうしてこんなところにいるのか、当ててあげようか」

「……はあ？」

「家の鍵を落としちゃったんでしょ。そしてさらに、スマホも充電が切れている。だから困り果てて、こんなところでブランコ漕いでいる最中に、救いの女神がやってきた、ってわけだ」

親指で救いの女神を差すと、妹はしばらくわたしを見つめてから、０点を取った生徒を人生で初めて見た教師のように、大きなため息をついた。

「お姉ちゃんは……アホだなぁ……」

「どういうこと!?」

めちゃめちゃしみじみ言いやがった、こいつ……。

「そんなこと言うんだったら、家に入れてやんないからね！」

「持ってるし、鍵」

「なんだと……」

「そもそも落としたとしても、夜まで友達の家にいるし。スマホの電源切れてても、友達に充電器貸してもらうし」

「完璧な理論武装じゃん……。さてはわたしを罠にハメるためにここで待ち構えて……？」

「……お姉ちゃんは……アホだなあ……………」

「また言ったー！」

人が親切心で声かけてやったのによー！　バカにする目的も半分ぐらいあったけど！

「それ」

「……ん？」

妹が、わたしの提げてる紙袋を差す。

「珍しいじゃん。靴買ってきたの？　お姉ちゃんが？　ひとりで？」

「わたしだって、ひとりで靴ぐらい買えるってば」

言い張る。しかし妹はジト目。

「怪しい」

「な、なに？　いや、ぜんぜん怪しくないし！　簡単だよ！　商品を持ってレジにいって要求された金額を日本銀行券で支払うだけでしょ!?」

「そのブランド。今、ちゃんと女子高生に流行っているやつだし。値段の割にクオリティも高いって評判。しかもちゃんとコーデで合わせやすい。お姉ちゃんが偶然ひとりで引き当てられるはずがない」

わたしの頭の中の香穂ちゃんが『あたしがブランドをオススメしました』のプラカードを持って現れたので、ブンブンと首を横に振って追い返す。

「そ、それぐらい知ってたし！」

「ふーーん。ま、いいけど」

ふっ……。また勝ってしまった。姉としての威厳を見せつける結果になったな……。なのに、なぜこんなにも空しいのか。そうか、勝利は空しいのか……。

妹はすまし顔で、ブランコを漕ぐ。

「じゃあ、もうこれからなんでもひとりで買えるってわけだね。あたしも肩の荷が下りたよ。

今までお姉ちゃんの高校デビューに付き合って、化粧品から美容院からお洋服まで、ぜんぶ選んであげてたんだから。しかも無償で。いやーこれからはひとりでがんばってね」

「卑怯だぞぉ！」

夕焼けが照らす中、わたしは叫ぶ。

「わたしがひとりで買えるわけないじゃん！　ムリムリ！（※ムリだった！）だよ！　友達にお店を選んでもらったんだよぉ！」

「最初っから見栄張らないで、そう白状すればいいものを」

妹が生暖かい視線を向けてくる。

こいつ、姉の威厳をなんだと思ってんだよ！

うう、許せねえよ……。わたしよりふたつも年下の分際で……。

「わたしがつかまり立ちを卒業して歩けるようになっても、まだ卵子だったくせに……！」

「そこまで遡らないとマウント取れないの、めちゃめちゃ悲しくならない？」

仰る通りだった。わたしはズーンと沈み込む。このまま貝になりたい。あるいは、今からでも紫陽花さんの妹として生まれ直して寵愛を一心に注がれたい。

「あーもー。めんどいなあ……。ごめんごめん、言い過ぎたってば」

ぱっとブランコを下りた妹が、わたしの頭をてしてしと乱暴に撫でてくる。

「うう、ナメられてる……」

「ごめんなさーい。生意気言いましたー。実際、お姉さまはがんばってるよ。一緒にショッピングに行く友達ができたなんて、一年前のあたしが聞いたらぜったい信じなかったんだから。はーい偉い偉いねー。たかいたかーい」

完全に幼児扱いされているのはいいとして……。顔をあげる。妹と目が合う。

妹はスタイルのいい腰に手を当てて、首を傾げる。

「なに？」

「いや……。なんか、遥奈にそんな風に褒められると、心の防衛本能が働いて……」

「うわ。うざ」

「お前ー！」

「いいから帰るよ。寒くなってきたし」

ささっさと歩いて、勝手に公園を出ていく妹。どこまで自由なんだよ！　海賊王かよお前！

その後を、慌てて追いかける。

「あ、途中コンビニ寄っていい？　アイスほしい」

「さっき寒くなってきたって言ったじゃん……」

「アイスは別でしょ。ほら、オゴられてあげるから」

「わたし靴買ってきたばっかりなんだけど!?」

「えー？　いつも言っているじゃんー。姉の威厳、でしょ？」

「なんだよもう！　いいよオゴるよ！　姉とかほんとに良いこと一個もないー！」

わたしより背の高い妹の横に並ぶ。妹があははと笑って、そこにはさっきまで公園にいたときのような、ほの暗い雰囲気はすっかりなくなっていた。

まったく……。こいつはほんとに、昔から生意気で、ちゃっかりしてて、口喧嘩強くて、姉にすぐマウント取ってくる獅子身中の虫みたいなやつで、わたしが心配するようなことなんて、なにひとつなかったんだ。ていうか、心配もしてないしね！

「そういえばさ、お姉ちゃん」

妹が立ち止まった。少し歩いてからわたしは「ん？」と振り返る。

夕日の中に、妹が佇(たたず)んでいる。姉のわたしから見ても、いつもと変わった様子はまったくなくて。そんないつも通りの妹が、なにかを言いかけて。

「……。髪、伸びたんじゃない？　さすがにそろそろ美容院行けば？」

「え？　あ、うん」

まるで、曲がるはずのない球が急に曲がったような、そんな違和感を覚える言葉だった。

本当はなにか違うことを言おうとしたような気がする。なんとなくだけど。

「美容院かあ……。え？　美容院？」

「うん。ひとりでがんばれるって言ったもんね」

ニヤニヤと妹が笑う。わたしの胸がドキッと痛んだ。

「だからそれはさっきちゃんと否定したじゃん!?　ほら、遥奈も一緒に行こうよ！」

「えー。あたし伸ばしてる最中だしなあ」

「アイスふたつ買ってあげるから！」

「どーしよっかなー」

明朗快活に笑う遥奈の後を、わたしは小走りで追いかける。

こんな風に、わたしと遥奈の関係だけは、いつまでも憎まれ口を叩き合いながら続いていくと思っていた。高校デビューをする前から変わることのなかった関係性は、これからもずっと、変わらないのだと。

だけど、そんなことはなかった。

髪が伸び続けるように。切った髪がもう元には戻らないように。それはたとえ姉妹であっても、逃れられない定めなのだと。

わたしは間もなく知ることになるのだった。

＊＊＊

「お姉ちゃーん、行くよー」

「あ、うん。待って待って」

わたしはもたもたと靴を履く。先日、香穂ちゃんと紫陽花さんと一緒に遊びに行ったとき、買ってきたスニーカーだ。

慌てて立ち上がると、前につんのめりそうになった。おわっ。

「なにやってんの」

妹に支えられて、なんとかバランスを取り戻す。あぶな。

「は、遥奈が急かすからでしょ」

「いや、予約の時間は決まってるんだから、当たり前じゃん。お昼まで寝てるほうが悪い」

当たり前の顔で当たり前の言葉を告げてくる女。当たり前星人……！

「きょうはやること多いんだから、きびきび動く。まずは美容院から」

「う、うん」

疾風迅雷のように歩いていく妹の後を、わたしはひょこひょことついていく。

通っている美容院は、なんと少し離れた駅にある。初めて妹に紹介してもらったとき、『髪切るために電車に乗るなんて、人生で一度も考えたことのない発想だ……』と思った。

本日は休日。妹の部活動は久々に休みだったらしく、朝からなにやらドタバタとしていた。

信じられないことにこの女は、休みの日でも朝七時に起きるという特異な習性をもっていて、おかげでわたしも朝ごはんのついでにお母さんに起こされてしまった。（その後、ちゃんと二度寝をしたので、こんな時間になってしまった）

てくてくと駅に向かいながら、尋ねる。

「あんなに朝早く起きて、なにしてたの？」

「なにって、普通にランニングだけど」

「朝からランニングをする人間を、わたしは普通だとは思わない……」

「それからシャワー浴びて、朝ごはん作るの手伝って、宿題やって、お母さんとクリーニング屋いって、ちょっと動画見て、お昼ご飯作って」

わたしはおののいた。生き方が丁寧すぎる……！

「将来的にエッセイ本でも出版する気なの!?」

「いや普通だけど」

「なんでもかんでも普通普通普通普通って言ってさあ！　お前みたいなやつがいるから、世の中の普通に生きるためのハードルが爆上がりしていくんだよ！　自分はがんばる才能がある異常な超人だということを自覚してもらいたいものですねえ！」

「なにそれ褒めてんの??」

妹は首を傾げる。皮肉だよ！

行きつけのオシャレな美容院は、遥奈が友達から聞いて教えてもらった場所らしい。

わたしは知らなかったけど、どうやら陽キャというのはみんな自分のお気に入りの美容院があるようだ。なるほど確かにね。わたしもＦＰＳをする上で、このマウスじゃないとやりづらいっていうのがあるからね。似たようなものだろう。

「こんにちはー」

外向けの笑顔に切り替えた妹が、受付のお姉さんに声をかける。

「あ、遥奈ちゃん。それにお姉さんも。こんにちは」

「こ、こんにちは」

そう、ここではわたしは『お姉さん』と呼ばれる。あくまでも妹の付属品だ。新しいスマホを買ったときについてくるイヤフォンだ。だからこそ、気が楽になる。

「今、担当が来ますので、荷物をロッカーに入れてお待ちくださいね～」

誘導に従い、ソファーで待っていると、遥奈と隣同士の席に案内された。

「遥奈ちゃん、きょうはどうするー？」

「あ、じゃあ前髪切ってもらって、伸びた分を整えてもらえれば！」

隣からハキハキとした体育会系の女の子の声がする。相変わらず誰からも好印象をもってもらえそうな、見事な化けの皮だ。紫陽花さんすら騙（だま）し切るだけのことはある。

少し遅れて、わたしを毎回担当してくれているスタッフさんがやってきた。

「お～☆　おねーちゃんちゃんじゃんひさぶり～☆　来てくれてめちゃんこ嬉しい～☆」

で、出たー！

「よ、よろしくお願いします！」

妹に倣(なら)って、声だけは元気よく頭を下げる。

「よろ～☆」

わたしの美容院の担当さんは、鬼がつくほどのギャルだ。

髪は金髪で、先のほうはピンクのグラデーションが入っている。ビカビカのメイクに、スリムなジーンズ。なんとシャツはへそを出している。怖い！

「で、で、きょうどーする？　かわいめ？　きれーめ？　それとも新世界、旅立っちゃう？」

「え、えとえと、えと」

なに新世界って……。ワンピースの話か？　確かにギャルはワンピースが好きなイメージあるけども……！

なぜわたしがこのお方に担当されてしまっているのか。予約したときに妹に『指名したい人とかいる？』と聞かれて、答えなかったわたしが悪いのか？　初めて行く美容院で、そんなのあるわけないじゃん！

そうだ、スマホ。スマホに、言うべきことをメモってきたんだ。わたし賢い！　いつまでも妹を頼っていられないしね！

「あのですね、あの」

「カラーとかいれんのもカワカワだよね☆　あ、てゆかおねーちゃんちゃんさ、バレイヤージユも似合うめじゃん？　ガッコはど？　校則アチチな感じ？」

「え？　バレ？　え？」

「コントラストすくなめのナチュラルな感じでさ～☆　うっは、おねーちゃんちゃん、ハイトーンの明るいのもすっげー相乗効果でまくるんじゃない？」

ギャルさんの笑顔の圧がやばい。てか話しかけられた言葉の意味がまったくわからない。

同時にふたつのことができないわたしはその発言に固まって、奇妙な沈黙を作り出してしまう。気まずさが脂汗（あぶらあせ）となって背中を伝う。

なぜ美容院のスタッフさんは、お店に来る客が全員オシャレパワーMAXのスーパー女子だと思って接してくるのだろう。もっとわたしにレベルを合わせてほしい。

ゲームのキャラメイクみたいに『うちでは髪型を18種類の中から選べます』ってさ！　自由度の高いカスタマイズは、やり込み要素だよ！

パニクってる間に、妹が口を挟んできた。

「あ、そういうの大丈夫です。お姉ちゃんはいつもの髪型にしてもらえればいいんで！」

「りょりょ☆」

ギャルの美容師さんは指で丸を作って、快（こころよ）く了解してくれた。た、助かった……。

わたしは妹に視線で感謝を伝える。妹はこっちを一瞥（いちべつ）もせず、担当の美容師さんと流れるように談笑をしていた。……まあ、いいんだけど！

とりあえず、危機を脱したみたいだ。

「じゃーやっちゃうねー☆」

「お、お願いします」

ふう。これで為すべきことは済んだ。あとはオートメーション。

時間が経てば髪型が整うシステム。髪を刈られる感覚自体は嫌いじゃないので、目をつむって心地よさに身を任せようじゃないか……。

「ね、おねーちゃんちゃんは、最近ガッコどー？」

「え!?」

そして雑談タイムが始まる。本当の地獄は、ここからだ……！


「お姉ちゃん。じゃあ次は服見に行こっか……って、お姉ちゃん？　お姉ちゃーん？」

「あ、ああ……うん……」

美容院を出て、きれいにしてもらった髪型とは裏腹に、わたしの表情筋は死んでいた。

「なんで美容師さんって言葉を喋るんだろうね……。今の現代にバベルの塔を蘇らせて、美容師さんの言語だけを滅裂にしてほしい……」

「なに言ってんの……」

妹が冷ややかな目でわたしを見つめる。ぐぅ。

「だって、ぜったい逃げられない状況で日常会話を強要されるって、もう刑罰じゃん……」

「そんなこと考えてるの、世界でお姉ちゃんだけだよ」

「うそだあ！」

妹は知らないだろうけど、わたしの仲間はたくさんいるんだぞ！　ＳＮＳとかに……そう、ＳＮＳとかに！

「もうわたしのコミュ力は残ってないよ……。きょうはこのまま低空飛行で生きる……」

「別にいいけど」

妹とわたしは、駅前のアーケードに来ていた。目的は、冬服の確保だ。

「ていうか、お姉ちゃんこそ冬服ほしいんだったら、こないだ友達と買ってくればよかったんじゃないの？」

「そ、それは」

わたしは視線を揺らす。

これも、妹には決してわからない悩みなんだろうな……。諦めた気分で口を開く。

「友達と服買うのとか、恥ずかしいじゃん……」

「え？　なんで？」

「だって、センスが試されるんだよ」

「??」

妹はさらに怪訝そうに首を傾げた。

わたしは初心者にも優しい女なので、わかる言葉で伝えてやろうじゃないか。

「いい？　友達同士で服を買いに行くというのは、ある意味で己のセンスを証明する場なわけ。もしとんでもなくダサい服を選んでしまったら、友達全員から『うっわｗないないｗそれもしかしてギャグ？ｗ』って突っ込まれて、今後なにかを選ぶ際に『甘織には聞いてないけどｗ』って付け加えられて、一生いじり倒されるんだよ」

「うわあ……めんどくさ……」

こいつ！　香穂ちゃんと同じことを！

「そんなこと考えて生きてる人なんて、世界にお姉ちゃんしかいないよ」

「ほんとにいるんだって！　ＳＮＳとかに！」

だからわたしは香穂ちゃんにお店だけ教えてもらって、自分ひとりで靴を買ってきたのだ。誰に見られることもないように！

さらに頭を抱える。

「あまつさえ、人の服に意見を求められてしまったら！　自分のことですらわからないのに、人のことなんてなにもわかるはずがない！　確かにわたしの友達はみんないい人だよ！　いい人だけど『それはそうとしてこの子のセンス、壊滅を通り越して災厄級なんだよなあｗ』って思われ続けることになるんだよ！　嫌だあ！」

「お姉ちゃんって生きてて楽しいの？」

純粋に聞かれた。

わからない……。つらいことのほうが多いかもしれない……。

「いや、でも楽しいよ……。最近は……すっごく楽しい……」

「そっか……よかったね……」

妹に肩をポンポンされた。

「だから、わたしのセンスのなさがバレる前に、なんとかしてわたしにセンスをもたらしてくれ、遥奈」

「厚かましいなあ」

妹が笑う。

「あたしの買ったファッション誌とか、目は通しているんでしょ？」

「まあ……」

「煮え切らない返事」

「読んではいるんだけど、身についてる感じしないんだよね……。だってモデルさんってみんな美人じゃん……。美人が着ればそりゃなんでも似合って見えるっての……」

「出た出た。そのうがった見方、やめたほうがいいよ」

「ぐっ……」

「まず自分の好きな傾向を決めるんだよ。キュートとか、カジュアルとか、モードとか。で、その傾向の着こなしを追っていって、次によく出てくるトレンドを覚えるの。あとは、着方、小物、色使いにフォーカスして……って、口で言ってもわかんないか」

わたしの顔がどんどん干からびていくのを見て、妹は苦笑いした。

「だったら今度暇(ひま)なとき、読み方教えてあげるから。そんときにフェイスマッチもしよ」

「ふぇいすまっち?」

「アプリでね、モデルの顔に自分の顔写真を当てはめられるの。体型とか骨格とかが違うから100パーセントってわけじゃないけど、ある程度は自分に似合うかどうかわかるでしょ」

「そんなのあるんだ……。え、もしかしてわたし以外の全人類は知ってる……?」

「それは知らないけど」

妹はため息をついて、肩をすくめた。

「ま、知らないってのは別に悪いことじゃないから。学ぶ意欲があるんだったら、一個一個覚えていけばいいじゃん。そうコツコツやってって、ようやく友達だってできたんだからさ」

「はい……がんばりマス……」

「素直でよろしい」

それはこっちのセリフだ、と内心思う。素直なときの妹は実際かなり真っ当に物事を教えてくれる。だからなんだかんだ、わたしはこの女から離れられないのだ。

「アメとムチだ……」

かわいい笑顔を浮かべたまま、妹が聞き返してくる。

「ムチだけのほうがいい？」

「アメだけのコースはないんですかね!?」

「時給２０００円ぐらいもらえば、まあ」

「たっか！」

「お姉ちゃんは甘やかすと、どこまでもつけあがるじゃん」

心の中の紗月さんが『そうね』とうなずいていた。ぜったいに手を組ませてはいけない、最悪のコンビだ！

「わたしのなにを知ってるんだよ！」

悔しくなって叫ぶ。妹は足を止めず、さっさとアーケード内の服屋に入っていった。

これじゃあわたしが町中で叫ぶおかしなやつじゃん！　すぐハシゴを外すー！


きょう一日、美容院にショッピングにと付き合ってくれたお礼にケーキセットをオゴらされ、わたしと妹は家路（いえじ）についていた。

夕焼け空の下、妹が軽やかに笑う。

「いやーウケたなあ、あのときのお姉ちゃん」

「だからって、店員さんに聞いてこいって言うのは、まだちょーっとハードルが高すぎじゃないかなあ！」

わたしは両手に買い物袋を提げていた。なぜか妹が買った分まで持たされている。なぜだろう。お姉ちゃんだから、かな。名ばかりの……。

「だからってコミュ障を発揮しすぎだよ。ファッション誌なんて読まなくったって、究極、トレンドにいちばん詳しいのは服屋の店員さんなんだからさ。お手軽に利用しちゃえばいいんだよ。『どっちが似合うと思いますー？』ってさ」

「まんまと騙されて、売れ残り商品を在庫処分させられるかもしれないじゃん！」

「なんで人の悪意だけそんなに信じてるの⁉」

妹がさらに純粋に問いかけてくる。

おかしい。陽キャの妹の方が人の善意を信じてて、大人しめのわたしが人の悪意に染まっているなんて……。普通、逆じゃないか……？

「はーやれやれ。きょう一日一緒に回ったけど、お姉ちゃんはまだまだあたしのレッスンから卒業できなさそうだね」

「出来の悪い生徒ですみませんねえ……」

「すーぐいじけるんだから」

半眼の妹にからかわれて、ぐぅの音も出ない。

わたしのウラもオモテも知り尽くしている妹には、これから先も敵う気がしない。

どんなに友達が増えても、恋人ができても。わたしが本当に心の底から本音を言える相手は、家族――の中でも、たぶん、妹だけだ。

球技大会の激闘を経て、時には人に嫌われる勇気も必要だと知ったわたしだけど……。だからといって嫌われずに済むなら、それに越したことはない。

甘織れな子の、ネガティブで世の中を斜に構えて見ている部分なんて、誰にも見せるべきではないのだ。

だから、妹はわたしにとって、必要な人間なのだろう。

……たぶん。

「あれ？」

そこで少し先を歩いていた妹が振り返って、立ち止まった。

「お姉ちゃん、なんか歩き方おかしくない？」

「え？」

わたしはドキッとした。

「別に、なんでもないよ」

妹はわたしの言葉を無視して、後ろに回り込んできた。

「あ、もしかして靴擦れしてるんじゃない？　いつから？」

「えーっと……」

わたしは追及を逃れるように顔を背けるけど、妹相手にそんなの通用するはずもなく。

「いつから？」

「……カフェ出たあたりから」

実は、けっこうずっと痛かった。なんとか平気なフリはしていたけれど……結局、見抜かれてしまった。

「なんで言わないの」

妹が腰に手を当てて、呆れた顔をする。

「うう、言いたくない……」

「なんで」

「だって、これわたしが初めて自分で買った靴だし……」

「？」

妹は首を傾げた後で、「ああ」と納得した。

「あたしのアドバイスなしで靴買って、それで失敗したんだってバレたら、また『ひとりじゃなんにもできないでやんのー』ってバカにされると思って？」

「うううう」

わたしは屈辱にうつむきながら拳を固める。

足はめっちゃ痛くなってきたし最悪だった。だからバレたくなかったのに！

「ばーか」

「お、お前ー！」

と顔をあげた途端、妹がこちらに背を向けて、屈んでいた。

「ほら」

「……なに？」

「家、すぐそこだから。おぶってあげる」

「は……」

わたしは瞬きを繰り返す。

「は、はあ!?　わたし姉なんだけど！」

「あたしのほうが鍛えてるし」

「それ、なんか関係あります!?」

「うるさいなあ。足、痛いんでしょ。ほら。誰も見てないから。はーやーくー」

「あとでアイスたかられる……」

「言わないから！」

「……ほんとに？　ほんとのほんとに？」

「ほんとに！　しつこい！」

妹が振り向いて念を押すように睨んできたので、わたしは諦めて妹の背中に体を預けた。

「くっそぉ……」

観念して、買い物袋を肘に通して、腕を妹の首に回す。

「そこはありがとうでしょ！」

「ありがとぉ……！」

「こんなにありがたがられてないありがとう初めてなんだけど」

妹はぶつぶつ言いながら、わたしをおぶって歩き出す。

わたしの気持ちとは裏腹に、妹の足取りは安定していた。まるで人ひとり背負うのなんて、なんでもないことみたいに。

「……重いでしょ」

「ぜんぜん。てか、足くじいた子を保健室に運んでったこととか、あるし」

「ほんとのほんとのほんとに？　最近わたしまた体重増えたんだけど」

「確かに。そういう意味ではメチャ重いかも。うわー重いわー。２００キロぐらいあるわー」

「こいつぅ！」

後頭部をバシバシ叩いてやりたい！　でも背負ってもらってそれをするのはあまりにも非道だから、心のやり場がどこにもない！　わたしは自分の二の腕をつねることで事なきを得た。

痛みが増しただけだった。

「お姉ちゃんさあ」

「……なんですか」

「人生、楽しい？」

わたしは口ごもる。

さっきも答えたんだけど……。

「……楽しいよ。最近は、すごく」

「それはよかった」

妹の顔はここからでは見えない。

なぜそんなことを聞いてきたのかも、わからなかった。

「遥奈はなんか」

「ん」

「……大きくなったね」

一瞬、会話が止まって。

なんとなくふっと、幼い頃にこんなことがあったような……という記憶が蘇りかけたところで、遥奈が笑う気配がした。

「まあね」

わたしたちは間もなく家についた。

靴擦れを消毒してから、絆創膏を貼って、お風呂に入って。

その翌日のことだった。


朝ご飯を食べてから、リュックを取りに自室へと戻る。その途中、妹と廊下で出くわした。

「あ……えと」

「ん？」

「……昨日は、その、ありがと……」

あまりにも気恥ずかしいが、人としてせめてお礼は言っておこうと、精一杯に目を逸らしながらそう告げる。すると遥奈は、なんのことか覚えてないみたいに首を傾げて。

「？　ううん、ぜんぜん」

ちょっとぉ！　わたしが勇気出したのに！　なんてお礼しがいのないやつだ！

陽キャは人生の密度があまりにも詰まっているから、陰キャが根にもって覚えていることをほとんど覚えてくれないというわたしの説が補強された瞬間だった。まあ、わたしは高校デビューに成功した陽キャなんですけどね！

もういい、学校行こ……と歩き出そうとしたところで、気づく。

妹はまだパジャマのままだった。朝練という謎の文化に染まっている妹は、基本的にわたしより早く家を出るのに。

「あれ？　部活休み？」

そう声をかけると、妹は足を止めた。

姉のわたしから見ても、いつもと変わった様子はまったくなくて。

そんないつも通りの妹が、肩越しに振り返り、口を開いた。

「ううん」

明朗快活に、言い放ってくる。


「あたし、きょうから不登校になるから」

ぽかんとするわたし。その横を軽やかな足取りで通り過ぎてゆく妹。慌てて前に向き直ると
妹は「ほらほら、学校遅れるよ」とわたしを急かす。
わたしはたっぷり三秒停止して、それから思いっきり聞き返した。
「は⁉」

甘織遥奈(あまおりはるな)は、昔から要領のいいやつだった。

幼少期、ふたりで夜遅くまで遊んでたのを見つかったときも、ちゃっかりお利口さんの顔で反省したフリをした妹はお叱(しか)りを免(まぬか)れた。わたしはお姉ちゃんだからという理由で倍怒られた。

あんな頃から、妹には片鱗(へんりん)があったのだ。

今じゃ、運動はできる上に、中学から始めたバドミントン部では都大会（？）に進出。毎日遅くまで部活して疲れ果てているくせに、勉強だってできる。どうなっているんだ。

そんな妹が、実は学校で友達がいなくて、人と目も合わせられなくて、『ふ、ふぇぇん、おねえちゃぁん……』と、いつでもわたしの後ろを裾(すそ)引っ張ってついてくるだけの甘えん坊さんだったら、まだ愛(め)でてあげられたんだろうけど、ンなことはぜんぜんなく。

もちろん友達は多い。性格だって明るく、人見知りも物怖(ものお)じもしない。

スポーツマンだからか、すらりと足が長くてスタイルがよく、身長だって姉を抜いた始末。

あまつさえわたしに比べてちゃんとオシャレで、圧倒的に顔面もいい……。

わたしがコンプレックスまみれになった原因の半分以上は、こいつのせいなのではないだろうか。常に、自分より優れた若い女と比較され続ける人生！　ちくしょう！

……なんか遥奈がどうこうってより、むしろ遥奈と一緒に暮らしてて心折れてないわたしが偉くない？

つまり、すごいのはむしろわたしということで……。

……とまあ、不出来な姉にとって。

甘織遥奈はそういう、憎たらしいほどに優秀な妹だった。

目覚ましで朝起きて、洗面所へ。ボサボサの髪にブラシを入れながら、だらだらと歯を磨く。普段より、静かな朝だった。

いつもなら、もうとっくに用意を整えた妹が、わたしと洗面所の争奪戦を繰り広げるものだけど（そしてわたしがだいたい負けるのだけど）この日は、わたしひとり。

なんとなく気まずく部屋に戻るその際。

ちら、と妹の部屋が目に入った。

「……」

息をひそめて、ゆっくりとドアを開く。

隙間（すきま）から覗（のぞ）くと、ベッドが膨（ふく）らんでいた。

……寝てる。

もう準備を始めていないと、遅刻が危ぶまれる時間帯だ。

本当に学校に行かないつもりなのか。

わたしは釈然としない思いを抱きながら、ドアを閉じた。

お母さんに妹のことを聞かれても困るので、さっさと玄関へ。

家の中に声をかける。

「いってきまーす」

お母さんからいってらっしゃいの挨拶（あいさつ）を背に受け、わたしはきょうも学校へ向かう。そうすることが当たり前だと、今はちゃんと思っている。

妹だって、そのはずなのに。


「ただいまー」

特に誰にも誘われなかったので、きょうはいつもより早めに帰ってきた。別になにかが気になってたってわけじゃないけど。

玄関には、当たり前のように妹の靴がある。

あいつ、本当に休んだんだ。

自分の部屋でリュックを下ろして一息入れたところで、コンコンとノックの音がした。

「おねーちゃーん」

「ん」

なんにも悪びれない顔で、部屋着姿の妹が平然とドアを開けてくる。

学校サボっておきながらこの態度……ただものの胆力(たんりょく)ではない……。

手を差し出してくる。

「なんかゲーム貸して」

「ゲーム……?」

「うん、暇(ひま)つぶし的な。一日が長くってさー」

「えーと」

わたしがまごまごしているうちに、妹が部屋に入ってきた。さほど興味のない友達の買い物に付き合うような顔で、わたしの愛(いと)しいゲーム棚を眺める。

「ぜんぜんわかんないや。なんかいいのない?」

「そんな寿司屋の常連客みたいな聞き方されても」

わたしは椅子に座ったたまま。自分の部屋なのになぜか居心地が悪い。

「昨日は、聞けなかったんだけどさ」

「ん?」

「なんで……学校、行かないの?」

もそもそ問うと、妹がじっとわたしを見る。うっ。

「それ、お姉ちゃんに言う必要ある？」

「ひ、必要はないけど……」

両手で氷を握りしめたような冷たさに、思わず話を打ち切りたくなってくる。

だけど……。

「ほ、ほら、なんかお母さんも、微妙な顔してたし」

「……それ、お姉ちゃんが言う？」

そうだけどさあ！

元引きこもりで不登校児のわたしは、すでに白旗をあげそうだ。

「自分は今、学校に真面目に通っているからって、そうじゃなかったことがなくなるわけじゃないんだよ。だからってそんな時代のこと、いちいち掘り起こされたくないでしょ」

「うう……。で、でも……」

「いいからいいから」

ぱっぱっと手を払ってくる妹。この話はこれでおしまい、とばかりに声色を変える。助かった。助かってどうする。

「で、どれが面白いの？」

「そこにあるゲームはだいたいぜんぶ面白いけど……」

なんとなく、妹のペースに巻き込まれてしまう。

「銃で人を撃つのって、気持ちいいの？」

「やめられなくなるよ」

「うわぁ……」

正直に答えただけなのに、ドン引きされた。人を犯罪者みたいな目で見つめてくる。これだから、現実とゲームの区別がつかないやつは……！

「えー、じゃあいちばん面白いのはどれ？」

「いちばん……？」

わたしは妹の横に並んで、顎に手を当てた。

いちばん、か……。究極の問いだ。

いや、妹はなにもわからずに聞いているんだ。ここで厳密にそれぞれのゲーム性の違いを解説したところで、意味はない。ただの自己満足だ。

というわけで、わたしは適当に一本選んで『これがいちばん』って言ってやるだけでいいのである。

ふっ、わたしも己を律することができるようになったものだ。

満を持して、口を開く。

「例えばこれは三人一組で遊ぶオンラインのＦＰＳで面白いんだけどけっこう長いこと続いて

いるゲームだから今から新規さんが参入すると最初のうちはかなり手こずるかもしれないし。こっちは最新作だからユーザー多くて盛り上がっている代わりにまだちょっとバランスがよくないっていうかこれからに期待かな。ああこれなら初心者もとっつきやすいゲームで出たばかりだから今のうちに遊ぶのは悪くないと思う。ビジュアルは子供っぽいかもしれないけどかなり本格派で極めがいがあるよ」

そう言い終わってから。

……わたしは顔を手で覆った。

なぜ。なぜわたしは成長しないのか。

ゲームを語れるタイミングが来た瞬間、相手のこともＴＰＯもわきまえずに、ただ自分の知識をぺらぺらと披露してしまう。愚かな女だ……。

しかし、妹はちゃんと最後まで聞いてくれて「ふーん」とうなずいた。

「じゃ、動画で見たことあるし、これ借りよっかな。本体は？」

「あ、ゲーム機はそっち……。ちょっと待ってて」

配線を外して、一緒に妹の部屋に向かう。

妹の部屋は、わたしの部屋よりちゃんと女の子女の子してる。

まず持っている服の数が段違いだ。クローゼットに入りきらないものが、ハンガーラックにたくさんかかっている。

学習机の棚には、バドミントンの教本が何冊も刺さっていた。ずんぐりむっくりとしたオオカミのぬいぐるみがあちこちにあって、それは妹のお気に入りのキャラだ。

そういえば、こうして妹の部屋に入るのも、なんだか久しぶりかも。

夏休み、妹の友達が遊びに来たとき以来かもしれない。

用があるとき、妹はわたしの部屋にズカズカやってくるけど、わたしは基本、妹の部屋に入らないので。

ほとんど使われていないパソコンのモニターにゲーム機を接続してやると、画面が映った。

新しいアカウントを作って、妹にコントローラーを渡す。

「どうやるの？」

「えっとね、先にチュートリアルがあって」

隣に座って、あれこれと操作方法を教えてあげる。

そもそも妹だってゲームに一切触ったことがないってわけじゃないので、言ったことはそれなりに吸収してゆく。

なんか、紗月(さつき)さんにゲームを教えてたときのことを思い出す。

「なるほど、わかった。４対４の団体戦なんだね」

「そうそう」

「でもこれって、味方に足引っ張られたらメチャメチャむかつきそう」

「そうだね、精神修行だよ。プレイを続けることによって、何事にも動じない不動のメンタルを手に入れることができる」

「手に入れられてないじゃん、お姉ちゃんが」

「…………」

それはまったくもってその通りなので、わたしは黙ることにした。正解は、沈黙。

そこでふと気づく。妹は、右手にいくつも絆創膏を貼ってた。

「あれ、それ怪我？」

「あーうん。ちょっとすりむいちゃって」

ふーん。特になにも言うことはなく、そのまま妹のプレイを眺めていた。

妹は物怖じせず何度かカジュアルマッチに挑み、そのたびに眉根を寄せる。

「ぜんぜん当たらないんだけど」

「初心者用のブキに持ち替えた方がいいよ」

「でもこれがかわいい」

「だったら、その信念を貫き通せるだけの『力』を身につけるしかない」

わたしがごくごく当たり前のことを言うと、白い目で見られた。なに!?

「さっきから偉そうだけど、お姉ちゃんってそんなにうまいの？　適当なこと言っているだけじゃない？」

「なんてことを！」

コントローラーをひったくって、設定画面を開く。普段やってる設定に直す。そこまで言うんだったら、手本を見せてやろうじゃないか！

妹が使い方に苦心していたブキを持って、いざバトル！

「うわー」

早速、妹がわたしの研鑽によって培われた美技を見て、惚れ惚れとした感嘆の声をあげる。

ふふふ。どうだ妹よ。

「お姉ちゃんが銃のゲームやってるとこしっかり見るの初めてだけど、なにしてるかぜんぜんわかんない……。キモー……」

「なんだとぉ!?」

下手だったら『やっぱりー』って言われるし、上手かったら罵倒されるって、お前の生きざま無敵すぎるじゃん！　どうしろっていうの！

ピピーと試合が終わる。わたしはスコアボードに輝く二桁のキル数を指差す。妹が顔を背けたので、その場で画面を写真に撮って、妹のスマホに何枚も送信した。

「わかったから！　はいはいお上手だねー！」

ふぁさぁと髪をなびかせて、設定を戻してからコントローラーを返す。

「ま、妹もがんばればそのうちこれぐらいのことはできるようになるよ。99％の努力と、そう、

１％の才能があれば、ね？　ファイト☆」

「お姉ちゃんのくせに……！」

甘織・エジソン・れな子の名言に、妹は歯噛みする。いい気分だ！

すっかり姉の威厳を見せつけたところで、満足したわたしは立ち上がる。

「それじゃ、がんばって。飽きたらいろんなゲームもあるから、貸してあげるよ」

「ん……。とりあえずは、もうちょっとこれやってみる。付き合ってくれて、ありがとね」

「あ、うん」

部屋から出ていく直前、妹の丸まった背を眺める。あぐらをかき、クッションを抱いて前のめりに座る妹が、わたしに視線に気づいて振り返ってくる。

「なに？」

ぱちぱちと大きな目。美容院にいって整えてもらったばかりの、長くてツヤツヤの髪。肌も綺麗で、スタイルもいい。

美少女と呼んでもまったく差し支えのない妹。

わたしは首を横に振った。

「ううん、じゃあね」

ドアを閉めて、ため息。

……結局、肝心なことは、なにひとつ聞けなかった。

妹相手だから、踏み込み方がわからなかったっていうのはあるけど……ゲームの腕前を見せつけてイキっただけ。いい気分になってる場合じゃないよ。

わたし、人間力低いなあ……。

胸がモヤモヤする。

ひとつだけ宝箱を見つけられなかったダンジョンから諦めて脱出するような気持ちで、わたしは自分の部屋へと戻っていった。


妹は、確かに要領のいいやつなんだけど。わたしにとってはむしろ『真人間代表』みたいなイメージのほうが強い。

一本筋の通っている性格は、お母さん譲りだろう。何事も、自分の中でOKとダメの基準をちゃんともっていて、わたしがその場の勢いとかで深く考えずにヘンなことをすると、『それはだめでしょ』とはっきり告げてくれる。

そのジャッジモードに入った妹の言葉は、すべてが正論の弾丸で、わたしは昔からしょっちゅうハチの巣にされてきた。

妹から教わったことも、たくさんある。

常識に関しては、特にそうだ。

『あのさ、お姉ちゃん。誰かになにかしてもらったときは、どんなに小さなことでも、ありがとうって言ったほうがいいよ。してくれた人は好意でも、心のどこかで必ず、してあげたのになあって思っちゃうもんだから』

それは、わたしが陰キャから陽キャになる特訓をしている最中に、言ってもらったことだ。

『あのさ、お姉ちゃん』から始まる言葉で、わたしは人間関係の大事なことをたくさん教わったし、たくさん叱られた。

でも、そのほとんどにわたしは納得して、今のわたしがいる。

わたしは、たとえ妹がなにもできない凡々人だったとしても、その真人間な部分だけで、じゅうぶんな尊敬の念を抱いただろう。

まあ、真人間な上にメチャメチャ才能があって、しかもわたしにマウント取ってくるから、腹立つんだけどね！

でも……だからやっぱり、なにかから目を逸(そ)らしているような今の妹の姿は、不自然に感じてしまうのだった。

＊＊＊

さすがにきょうは行くだろう。いやそうは言っても明日には行くだろう。

そんな風に妹の様子を窺(うかが)いながら過ごしているうちに、三日が経(た)った。

相変わらず、妹が学校に行く気配はない。

とはいえ、部屋に一日中引きこもっているというわけでもなく、夕食の場にはちゃんと顔を出すし、家のお手伝いもキチンとやってたりする。

お父さんもお母さんも色々と声をかけてはいるが、手ごたえはまったくないみたいで。その会話を聞くたびに、わたしの胃がキリキリと痛んだ。

だって、不登校で我が家の不和を招くとか、かつてわたしが犯した罪そのものだから……！

妹にはそんなつもりはないんだろうけどさ……。過去の傷を何度も繰り返し引っかかれているような気分だ。

ただただ、わたしにとって心の休まらない日々が続いていた。

＊＊＊

「いただきまーす」

学食のテラス席に、明るい声が響く。

「い、いただきます」

翌日の学校。きょうは久々に、クインテット五人揃ってのお昼だ。

「わお！　マイマイ、超豪華なソレなに!?」

「きょうは、お手伝いさんが忙しくてね。休み時間に、仕出し弁当を届けてもらったんだ。といっても、職業柄、食べられないものが多いから、手伝ってくれるとありがたいな」

キラキラとした笑みを浮かべるのは、王塚真唯。このクインテットの不動のセンターであり、現役トップモデルの美少女だ。

成績優秀、運動神経抜群、日本人とフランス人のクォーターであり、母親はアパレルブランドＱＲの社長。スペックを列挙するだけで読書感想文の用紙がぜんぶ埋まるぐらい、とびっきりの輝きをもったとんでもない子である。

芦ケ谷での呼び名は、スーパーダーリンこと、略して『スパダリ』だ。男子からも女子からもすごい人気を誇り、例えばこの子に誰か恋人ができたらそれは間違いなくヤフーニュースに載るだろう。はは……。

「おや、れな子？」

そんな、夢に出てくる空想の美少女みたいな真唯が、わたしの顔を覗き込んでくる。

青い瞳を向けられて、思わず硬直してしまった。出会ってから半年経つけれど、この美貌に慣れる日は一生来ないんだろうとも思う。

「な、なに？」

「いや、なにかあったのかな、と思ってね」

真唯に気遣われて、わたしは違う意味でまた固まってしまう。

その心当たりは、まあ、ありまくるけど……。さすがに迷う。

家庭の問題なので、この場で提出する話題として適切ではないのでは……。

するると、隣に座っていた長い黒髪の美人がぽつりと口を開く。

「あなた、そんな風に落ち込んでいる人を見かけたら、その全員に声をかけて回るつもり？」

真唯が肩をすくめる。

「さすがにそれは難しいよ。私の体はひとつしかないわけだからね。だから特に心を砕くのは、特別な関係の相手だけさ。れな子や、もちろん君もそのひとりだよ、紗月」

「……そういえばあなた、私が好きだった本の結末にショックを受けていたとき、なんとか私を励まそうとして、飛行機のチケット取ってアレキサンドリア図書館に引っ張って行こうとしてきたわね……」

「そういうこともあったかな。君はほら、図書館が好きだから」

「あれ以降、私があなたの前でうかうか落ち込むこともできなくなったことについて、なにかコメントある？」

「君がいつも元気そうで、私も嬉しい」

「紗月さん、やめて、本の素振りやめて。こわい」

ニコニコと微笑む真唯の隣で、おもむろに文庫をシュッシュッと振るのが、琴紗月さん。長い黒髪をまっすぐに伸ばしていて、真唯が動の美女だとすれば、紗月さんは静の美女だ。

　真唯は表情が豊かで話し方も柔らかいから、まだ人当たりがよく見えるのだけど、紗月さんは違う。純度１００パーセントの『美』だ。硬質的な表情も、切れ長で鋭利な光を放つ瞳も、隙のない立ち振る舞いも、すべてが美に直結している。

　時代が時代なら、その美しさで殷を滅ぼすこともできそうな紗月さんだけど、なんと実は優しくて、しかもお母さん想いの超絶可愛い女の子だったりする。

　その上、わたしを**唯一無二の大親友**と認めてくれて、こないだちょっとしたアクシデントはあったものの、お互いの友情はいつまでも変わらず永遠に続いていくと誓い合った仲だ。まったくもう、紗月さんはわたしのことが好きで好きでたまらないんだからね。

「甘織、今なにか考えた？」

「頭の中でどんなことを考えようが、それが人間の自由意思ってやつじゃないですかね!?」

　その目に射すくめられて、わたしはスナイパーに狙われた兵士のように震え上がる。紗月さんは、超能力者かってぐらいカンが鋭い。ＥＳＰテストで百点満点取れそう。

　王塚真唯と、紗月さん。そして香穂ちゃん、紫陽花さんに、あとひとり箸にも棒にもかからないモブ顔の量産型女子を加えた五人が、芦ケ谷高校一年Ａ組が誇る仲良しグループ。その名も『クインテット』である。

　話の流れで、紫陽花さんまでこちらに心配そうな目を向けてきた。

「れなちゃん、なにかあったの？」

「そ、それは、えーと……」

一同の視線がわたしに集まってくる。

この四人とはいろんなことがあって、わたしにとってそれぞれがかけがえのない大事な人だし、向こうもわたしのことをそれなりに気にかけてくれるんだけど……。それとは無関係に、注目を浴びるのは相変わらず苦手だ！

しかし、わたしも成長した！　この状況を打開するための方法が、即座にふたつ思い浮かぶ。

まずひとつ目は、この場をうまく収めるための小粋なジョークを言って、全員を笑顔にしてみせることだ。ムリ！

なのでわたしは、もうひとつの選択肢。空気を悪くしないようになにも語らずに黙り込む、を実行した。できることはそれしかなかった。選択肢とは。

「……」

『………』

あれ!?　空気がしんどい!?

なんで誰も会話を続けようとしてくれないの!?　いつもと違う！

わたしはその場その場で臨機応変に空気を読むことができないから、ある程度のパターンに沿った正解の行動を取ることでＭＰの消費を抑えているのに！　これじゃあ、なにをどうすればいいかわからなくなる。

「まあ」

精一杯困ったわたしを見て、紗月さんが投げやりな言葉を口に出す。

「誰にだって言いたくないことのひとつやふたつはあるでしょう。無理に聞き出すのは甘織相手でも感心しないわ」

さ、紗月さん……！　ありがとうございます！

さすが言いたくないことで全身が構成されてる人は、言うことが違う！（褒め）

「ま、そりゃそーか。そういえば、こないださ――」

それに香穂ちゃんも乗っかって、ようやく淀んでいた空気が流れ出す。

わたしはあからさまに胸を撫でおろし、こうしてこの場はなんとか丸く収まった……はずだったのだけど。

「……」「……」

なにか思うところがある顔をしていたふたりに、わたしは気づかなかった。


その日の帰り。

珍しく真唯に声をかけられた。

「一緒に帰らないかい？　れな子」

「え？　あの、いいですけど」

「ああ、送っていくよ」

王塚真唯が誰かに声をかけるなんて、前代未聞の出来事だ。

普段ならわたしも謹んで辞退させてもらっただろうけれど、わたしは球技大会で王塚さんを『真唯』呼ばわりした女。

周りの人からも、この特権を認められて……認められているのか……？　わからない。怖くなってきた。あんまり図に乗ってると、校舎裏に呼び出されるかもしれない。

声を潜めて、「あ、ありがとうございます……王塚さん……」とお返事する。

すると真唯は嫌そうな顔になった。

「距離を感じるなあ……」

「うっ……。あ、ありがと、真唯……」

「どういたしまして」

真唯はにっこりと笑みを浮かべた。

いつものように、学校近くに横付けされたリムジンに乗り込む。

運転席に座っていたのは例のごとく、王塚家に仕えるお手伝いさん兼、真唯のマネージャーである花取さん。その実態は過激なまいさつ派であり、真唯を神と崇める美人のお姉さんだ。

そしてマッサージがお上手。

「あ、どうもこんにちは」

わたしも花取さんとはもう知らない仲ではないので（いやらしい意味ではなく！）にこやかに挨拶を交わす。

「どうも」

すると花取さんも会釈をしてくれた。打ち解けてきた気がする！

そう、花取さんは真唯の幸せだけを願っており、そのためにわたしが真唯と付き合っていることを快くは思っていないのだけど……。でも、わたしが真唯に本気で向き合っていることには、一定の理解を示してくれているからだ。

いつかはニッコリ笑顔で『どうぞ乗ってください、甘織さん！』なんて言ってくれる日がくるかもしれない。

まあ、それまでにわたしの抱えている秘密がバレなければ、なんですけどね。バレたら刑法199条を食らっちゃうからね。なんちゃって☆

リムジンには先客がいた。

ん？

「や、やほー」

かわいく笑みを浮かべてわたしに手を振ってくれるその天使は、瀬名紫陽花さんだった。

なんで!?

「さ、出してくれ、花取さん」

「了解いたしました」

あっ！

後から乗ってきた真唯と、三人で後部座席に並んで座ることになった。

なになに、これどういう状況……!?

「いや、混乱させて申し訳ない。ただ、どうしても気になってしまったものだから」

「うん……。やっぱりお昼休み、れなちゃん微妙な顔してたでしょ？」

左右の女の子に代わる代わる囁かれて。

そのふたりの優しさは、それこそ涙が出るぐらい嬉しいんだけど。

問題はこの状況――。

ハッ。鋭い視線を感じる。

「れな子は意外と抱え込んでしまう子だと、こないだの球技大会でわかったからね」

「うんうん。だから私と真唯ちゃんで、もう一度だけ聞いてみよう、って話しててね。だって私たち、れなちゃんの――」

「――わあああああ！」

突如として奇声を発したわたしに、真唯と紫陽花さんは『えっ？』という顔をする。

バックミラー越しに花取さんと目が合う。花取さんは軽く眉をひそめただけで、感情の変化は見受けられない。

とはいえ、油断ができる状況ではまったくない。

「そ、そうですよね！　ふたりともわたしの……大事な人、ですもんね！　いやあ嬉しいなあ！　あまりにも嬉しすぎて、大きな声が出ちゃったなあ！　あはは！」

そう、わたしと紫陽花さん、それに真唯は。

三人で付き合っているのだ。

それ自体はいい。いやよくないけど！　でもいい。三人で話して決めたことだから、少なくともわたしたちは納得している。

問題は、今この車を運転しているお姉さん——花取さんだ。

彼女は、真唯の幸せだけを願っており、もし真唯が二股（ふたまた）なんてされていることがわかったら、その相手を殺すと断言した。

まあまあ、万が一の話ですけどね。真唯を二股できる人間なんて、この世にいるわけが……ここにいるんですよねえ！

「そ、そっか、れなちゃん。うん……もちろん、私たちにとっても大事な人、だよ」

「ああ。ともにれな子の苦しみを分かち合うと誓った仲だからね」

どうしよう。突然の命の危機に、ふたりの心に響く言葉がまったく胸の中に入ってこない。

「だからね、れなちゃんがもし、どうしても嫌じゃなかったら」

「ああ。困っていることがあれば、話してほしいと思っているんだ」

「あはは！　そ、そうですか！　いやあ、ふたりともこんなわたしに対してすっごい優しくて、なんだか冷や汗が止まらないよ！　嬉しいなあ！」

なんとか、なんとかこの場で『恋人』というキーワードを出さず、花取さんに二股がバレないように話を進めるしかない。

問題は、それがわたしにできるのか。まあできなかったら死ぬだけなので、やるしかないんですが！

「お話し中すみません、お嬢様」

口から心臓が飛び出るかと思った。

「なにかな？　花取さん」

ドキドキドキドキドキ。

幻聴が聞こえる。『いえ、もしかしてその女は、お嬢様と付き合っていながら他の女と付き合っているのではありませんか？』そしたらわたしは『そうですけどなにか!?　言っときますけどわたしを殺したら真唯が悲しみますからね!?　わかってるんですか!?』と全力で居直るしかなくなる。そんなわたしをこれからも真唯と紫陽花さんが好きでいてくれる未来がまったく見えない。嫌だ……。

「いえ、お先にどちらに向かえばよろしいでしょうか？」

「あ、そういえば言ってなかったね。先に紫陽花の家に頼むよ」

「かしこまりました。ありがとうございます」

　紫陽花さんが小さくぺこりと頭を下げる。それから微笑んだままわたしに視線を向けてきた。

　ひ、ひぃ……。

「れ、れなちゃん!?　なんだか顔色がすっごく悪いけど!?」

「そ、そうですか？　気のせいだと思いますけど」

　口元だけで笑みを作りながらも、もしかしたら髪の毛の半分ぐらいは真っ白になっているかもしれないな、とわたしは思った。

　ふたりは軽く目くばせをすると。

「……やっぱりれなちゃん、気が進まない……よね？」

「そうだね……。力になれればと思ったのだが、余計なお世話だったかな……」

　違うんだ。そうじゃないんだ。これはもう、この場にいる誰も悪くないことなんだ。いや、わたしが悪いのか……？　幸せに生きようと願ってしまったから……？

　いやもう本題に入って話を進めよう！　生きるか死ぬかの瀬戸際に追いつめられてまで、隠すようなことじゃない！

「ち、ちがくて、あの、えーと！　実は、わたしの妹が、不登校になっちゃったんですよ！」

　そう言うと。

「遥奈くんが？」

「えっ、どうして」

真唯と紫陽花さんは顔色を変えた。

そういえば、ふたりとも妹と面識がある！

「それが、わたしに理由を話してくれなくて……。その、わたしもちょっといろいろあったから、聞きづらいっていうか、聞き出せなくて」

わたしがもともと陰キャだったことを知っているのは、クインテットの中でも紗月さんだけ。不登校だったことは、誰にも言っていない。

真唯が難しい顔をする。

「そういったことは、肉親には話しづらいのかもしれないな」

「それはあるかもねえ……。そっか、だかられなちゃん、そんなにつらそうに……」

紫陽花さんは、自分のほうがよっぽど悲しそうに目を伏せる。す、すみません。わたしのこれはただの生存本能でして……。

「学校に行かなくなって、三日も経つんですよね……。だから、さすがに心配で」

まあ、心配なのは嘘じゃない。妹自身のこともそうだし、家で顔を合わせるたびに、中学時代のわたしを見せられているような気分になるのだ。

なにかあるなら、事情を話してほしい。もしかしたら力になれる可能性だって……かなり低いだろうけど、ゼロじゃないから……。

そこで真唯が、びっくりするような提案をしてきた。

「ふうむ……だったら、私たちが遥奈くんに話を聞いてみる、というのはどうだろう」

「え？」

紫陽花さんも手を打った。

「それは、確かにひとつの方法かも……」

「で、でも」

わたしが目を白黒させている間に、どんどんと話が進んでいく。

「あ、うん。みんなで押し掛けたら、ちょっとびっくりしちゃうかも、だよね。ね、ひとりずつ行くのはどうかな」

「そうだね。そうしよう」

ようやく話と話の切れ目を見つけて、わたしは慌てて口を挟む。

「そんな、うちの妹相手にそんな、そこまでしてもらうのは悪いっていうか」

「だけど……」

誰よりも優しい心をもつ紫陽花さんは、おずおずと。

「れなちゃんの妹だからってのはもちろんあるけど、でもね、遥奈ちゃんとは連絡先も交換したから、もう、私の後輩って気持ちもあるんだよね。後輩が誰にも言えない悩みを抱えているなら、話を聞いてあげたいな」

「紫陽花さん……」

　誰よりも人間力の高い真唯が、微笑む。

「というわけだ、れな子。どうかな。もしよかったら私たちも、話を聞いてあげたいのだけれど、それは迷惑かな？」

　そこまで言ってもらえて、わたしは……。

　さすがに首を横に振った。

「う、ううん……。ぜんぜん！　すっごく、心強い……！」

　わたしじゃムリだったけど、真唯と紫陽花さんが話してくれるなら、それは光明なんてもんじゃない。太陽の輝きだ。

　どんなにデリケートな問題であっても、このふたりならうまく相手の氷を溶かして、胸襟を開かせることができるだろう。

　少なくとも、わたしなんかよりはよっぽど！

　紫陽花さんはそこでさらに。

「ね、れなちゃん。もしよかったら、紗月ちゃんと香穂ちゃんに話してみてもいいかな？　きっとふたりもね、お昼のこと心配していると思うんだ」

　それは、とてもありがたいお言葉だけども……。

　まごまごするわたしの手に、そっと真唯が手を重ねてくれる。

「話してみるだけなら、いいんじゃないかな。紗月も香穂も、決して嫌な顔はしないよ」

真唯が優しく言い聞かせてくると、わたしも『そうなのかもしれない』という気持ちになってくる。早速、わたしの氷が溶かされた。

「う。……め、迷惑じゃなければ……」

「ああ」「うん」

反対側から、紫陽花さんもわたしの手を握る。

両サイドのふたりはどこまでも優しくて、しかもこの優しさはわたしが恋人だからというわけじゃない。人としての心の美しさだ。

わたしは高校に入ってから、本当に友達に恵まれた。もしかしたら、この先、一生巡り合えないかもしれない仲間……。

さっきまで、ひたすらに自分だけが生き延びようと、どう花取さんにごまかすかを考えていたわたしは、反省した。そうだ。人と人、ちゃんと話せば必ずわかってもらえるんだ。

もしかしたら、花取さんだってそう悪い人じゃないのかもしれない。口調と眼光が厳しいから誤解していただけで、二股の件だって案外あっさりと許してくれるかも……。

だってあの真唯のお手伝いさんなんだ。いい人のそばにずっといれば、身も心もいい人に染まってゆくはず。そう、わたしのように――。

真唯が微笑む。

「ま、彼女は私とれな子が結婚した暁には、義妹となる子だからね。私にとっては、家族も同然さ」

「――!?」

明らかに冗談で言ったその言葉に、わたしは目を剝く。

「ま、真唯ちゃんってば大胆……。ドキドキしちゃうよ」

紫陽花さんがわざとらしく手のひらで自分を扇ぐ。

「ふふふ。そう言う紫陽花は、どうなんだい？」

ま――。

「え～……。私はまだ、そういうの考えたことない、っていうか……」

もじもじする紫陽花さんが、頰を赤くしてわたしを横目に見やる。

ちょ。

まいさつ過激派は今の発言を聞いて。

「………」

特になにも言うことなく、車を走らせていた。

せ、セーフなのか……？　今のはセーフだよね!?　だって明言したのは真唯だけで、紫陽花さんはぼかしたもんね!?　最初から二股しているって疑ってなければ、真実には気づかないよね!?　花取さんそうですよね!?

紫陽花さんが先に家まで送り届けられて、その次にわたしが降りる際も、花取さんは最後までなにも言わなかった。セーフなんですよね!?

わたしはただただ疑心暗鬼に陥る。

『二股したって今ので気づきました？』と聞くことができないわたしは、一生この自責の亡霊と戦い続けるしかないのである。しんどい人生だよ！


その翌日、改めてわたしが『妹が不登校になって』という事情を話す場が設けられた。

紗月さんも香穂ちゃんも、それぞれ自分たちなりの方法で手伝ってくれるみたいだ。本当に、最高の友達たちだ。

心の中の花取さんが、チェンソーのエンジンを起こしながらささやいてくる。『いい人のそばにずっといれば、身も心もいい人に染まってゆくはずなのに。どうしてあなたは』と。

嫌だよ！　心の中に花取さんなんて芽生えさせたくない！　わたしは懸命にデリートキーを連打した。幸い、その日以降、イマジナリー花取さんが現れることはなかった。

だが、いずれ第二、第三の………。

いいから！　今はわたしより妹のこと!!

＊＊＊

「それじゃあれなちゃん、いこっか」

「はい！」

わたしを笑顔で招いてくれるのは、紫陽花さん。

はぁ、かわいい……。かわいさしかない……。

甘織遥奈を救うために、集まってくれた四人の美少女。本日は手始めにということで、紫陽花さんが我が家にお越しいただくことになった。

言い出しっぺの真唯は残念ながら、しばらくお仕事が立て込んでるみたいで、スケジュールが空くのは一週間後ぐらいになってしまうらしい。

とはいえ、だ。

手始めとは言ったけど、紫陽花さんが来てくれるわけですからね。わたしとは比べ物にならないお姉ちゃん力の持ち主である紫陽花さんが顔を見せたら、しょせん妹属性の女なぞ一撃でノックアウトよ。ふふふ。

なのに紫陽花さんは、ふたりっきりになった途端、口数が少なくなった！　なぜ!?

帰り道。駅について、電車に乗っても、紫陽花さんは黙ったまま。何度も顔色を窺うのだけど、微妙にわたしと目を合わせてくれない。

え、ええと……!?

「ひょ、ひょっとして、緊張していますか？　紫陽花さん」

わたしは今、緊張してるけど！

それとも……。

恐ろしい可能性にたどり着いた。

まさか、花取さんに直接いろいろ聞かれたのでは……？

『ごめんねれなちゃん。そのうち花取さんから殺し屋が差し向けられることになっちゃった。生き延びられる可能性は限りなく低いけど、一応がんばってみてねｗ』とか言われる……？

そうじゃなければ、わたしが知らず知らずなにか失礼なことをして、紫陽花さんのお気持ちを損ねてしまった……？

だめだ！　思い当たる節が多すぎる！

しかしそこで紫陽花さんは、はっと気づいたような顔をして。

「あっ、ご、ごめんね。ちょっと違うこと考えてて……」

「あ、そうなんだ。そっか、よかった……。わたしが悪いわけじゃなかったんだ……。知らず知らずのうちに乱暴な言葉遣いとかしちゃって、紫陽花さんの機嫌を損なって、絶交を突きつけられるんじゃないかと……。もう人生終わりだと思った……」

「私とれなちゃんの関係はもう、ワンミスぐらいでそんなことにならないよ!?」

紫陽花さんがいつもみたいにツッコミを入れてくれる。

ああ、紫陽花さんのツッコミだ。五臓六腑に染み渡る。

「というか、れなちゃん相手じゃなくても、そんなことで簡単にへそを曲げたりしないよ！」

「ああ、おかわりだ……。お腹が膨れる……」

「えっ、なに？」

紫陽花さんのツッコミを恵みの雨のようにありがたがっていると、真面目に聞き返された。

なんでもありません。ただわたしが幸せな気分になっただけです。

「えーとね、あのね……」

紫陽花さんがもじもじと指を絡める。かわゆ。

「なになに？」

「んーと……。ちょっと、恥ずかしいんだけど、ちゃんと話した方がいいかなって思って」

ちらちらと口を開いたり閉じたりして、決意を固めようとしている紫陽花さん。

そのかわいい態度を見れば、わたしに辛辣なことを言ってきたりはしないんだな、って信頼できる。できるか？　本当かな？　でもわたしがわたしだからな……。

その唇から『やっぱり、別々に帰った方がよかったね、れなちゃん……。一緒に帰って、友達に噂とかされると恥ずかしいし……』と地獄の断り文句が出てくるのかと怯えていると。

「ふたりっきりになったら、聞こうと思ってたんだけど……この前の、嫌だった？」

「…………」

わたしは押し黙った。この前の……？

いったい何のことだ……？

花取さんに送られてリムジンで帰った日……？　一緒にお昼食べた日……？　さらにその前のこと…………？

わたしは生まれてからのことをすべて、走馬灯のように遡（さかのぼ）って思い返す。しかしその中に、たったのひとつも紫陽花さんに嫌なことをされた記憶はなかった。

駅ひとつ分ぐらいの時間をかけて、わたしは首を横に振った。

「嫌なことなんて……なんにも、ないょ……？」

「そ、そう……？」

紫陽花さんは不安そうだ。わたしが答えるまでに駅ひとつ分の時間をかけてしまったからかもしれない。

「……でも、あんまりよくなかったかなーって。その、れなちゃんの前で、他の女の子とべたべたするのって……」

「え!?」

「だって私……いちおう、れなちゃんの、カ、ノ、ジ、ョ、だし……」

紫陽花さんの顔は真っ赤に染まっていた。

「──」

目の奥まで響く衝撃が、頭蓋骨を襲う。

そ、そういうことかぁ！

靴を買ってきた日のことだ。

香穂ちゃんが紫陽花さんの膝に座って、紫陽花さんが香穂ちゃんを後ろからぎゅっとした。

そのことを、紫陽花さんは仰（おつしや）っているのだ。

あんなに前のことを！　ずっと気にしてくださっていた!?　紫陽花様が!?

そんな、まるでわたしみたいな…………！

「いや、あの！」

わたしは、ぱたぱたと手を振る。

「ぜんぜん、嫌ってことはなかったので！」

「でもなんか、うぐぐ、ってなってたよね……？」

あれは違くて！　明らかに香穂ちゃんがわたしにマウント取ってやるみたいな顔してたから！　それにちょっとムカついただけで！　うぐぐの矢印はぜんぶ香穂ちゃん宛てで！

ちょっとだけ落ち着いて、言い直す。

「あ、あのね。わたし、紫陽花さんにうぐぐしたこととか、一度もないよ！　紫陽花さんがどんな人と話してても！　人気者だなーって思うだけだし！」

「……そ、そうなの？　でも、その……嫉妬（しつと）しちゃう、とか？」

「ないない！　一切ない！　紫陽花さんに嫉妬するとか金輪際ないよ！」

わたしが必死に紫陽花さんの自己肯定感を高めようと、完膚なきまでに言い張ると。

紫陽花さんはガーンという顔をした。

なぜ!?!?!?

「そ、そうなんだぁ……」

「うん！　だって紫陽花さんはみんなの人気者だし！　芦ケ谷の天使だし！　わたしだけが紫陽花さんを独占しちゃダメだってちゃんとわかってるもん！」

「そうなんだぁ…………」

フォローすればするほど、紫陽花さんがしんなりしてゆく！　助けて紗月えもん！

思わずスマホを握りしめるけれど、さすがにここで紫陽花さんを放置して紗月さんに電話をかけると取り返しのつかないルートに突入しそうなので、こらえる。

なにか、なにか紫陽花さんを元気づけないと！　わたしだけの力で！

「え、ええと……紫陽花、さん？　きょ、きょうもかわいいよ……？」

だめだ。蚊の鳴くような声しか出てこなかった。

「え、えへへ～……。そんなこと言われても、笑顔ぐらいしか出ないよ～……」

それなのに、紫陽花さんはよれよれの笑みを浮かべて、ダブルピースを向けてくれる。

ふー、よかった。なんとかなった……って思えるわけないよね!?　なんだこの茶番！

「ごめん、紫陽花さん！　わたし、実はなんにもわかってなかった！」

「れ、れなちゃん……？」

もう観念して、頭を下げる。ここが電車じゃなければ、土下座したい気分だった。

恥ずかしげもなく、正解を要求する……。

「嫉妬したほうがいい、ってこと……？」

「ん、んんー」

紫陽花さんは、しゃっくりを我慢するような顔で、口をつぐんだ。

視線を逸らしつつ、なにやらぶつぶつとつぶやく。

「れ、れなちゃんには、ちゃんと言うって決めたわけだし……。は、恥ずかしいけど、でも、伝えなきゃいけないことだよね……うん……」

決心したようにこちらを向いて、コクコクうなずいた。

「……ま、まったくしてもらえないのは、ちょーっと、寂しいかな、って……」

「そういうものなんだ……」

「……う、うん」

そっか、ちょっとは嫉妬されたほうが嬉しいのか……。

「じゃあ、努力してみるね……。嫉妬できるように……」

「む、ムリはしないでね……？」

「ううん！　がんばるって決めたから！　がんばって嫉妬するよ！　ええい、紫陽花さんの制服め！　紫陽花さんに着られやがって！　この、この！」

「そういうんじゃないよ!?」

違うのか……。紫陽花さんに叱られてしまった……。わたしはなにひとつうまくできない。

「お手本とか、あります……？」

「えっ!?」

紫陽花さんの顔がさらに赤く色づく。

「お、お手本……。嫉妬のお手本……？　う、うう」

「思い浮かばないのでしたら、ぜんぜん！　勉強しますので！　心理学の本とか読んで！」

「学術的な観点から見た嫉妬とかじゃなくて！」

紫陽花さんはひとしきり悶えた後で、小さく小さく口を開く。

「た、例えばだけど……れなちゃんが、紗月ちゃんと話してるときトカ……ふたりで、なにを話してるのかなー……トカ〜……」

ぎくしゃくとした紫陽花さんの仮定の言動に、わたしは手を打った。

「なるほど……そういうのが、嫉妬……。勉強になります！」

「……た、例えばの話、例えばだからね！」

念を押してくる紫陽花さん。

わたしは妹を見習って、朗らかに笑い飛ばした。

「もちろんわかってますよ。だって紫陽花さんはみんなの人気者で、芦ケ谷の天使ですし！　大丈夫！　わたしみたいな量産型女子がなにやっていようが紫陽花さんは一切嫉妬するわけありませんし、まったく気にしないって、ちゃーんとわかっていますから！　ね！」

紫陽花さんが「むー、むー」言いながら、わたしの肩をぺしぺし叩いてきた。

叩かれたんですけど!?　どうして!?


道中、紫陽花さんのご機嫌を伺うのに必死になったので、家にたどり着いたときのわたしはボロボロだった。いやいや、でもここから切り替えていかないと。

いくら紫陽花さんがいるからって、紫陽花さんひとりに任せきりというわけにはいかない。ふたりの話し合いが円滑に進むよう、わたしもがんばるぞ。がんばるぞい。

「た、ただいま」

「おかえりー……。あれ？」

緊張の一瞬、ノックして妹の部屋のドアを開く。妹はゲーム中だった。

わたしの後ろに立つ美少女を見て、さすがに目を丸くする。

「紫陽花先輩？」

「うん。こんにちは」

ぺこりと丁寧に頭を下げる上級生を前に、妹は即座にコントローラーを手放した。まだ試合中なのに!?

慌ててわたしがコントローラーを摑む。あ、危ない。

試合が終わって見やると、妹は背筋を伸ばしてちゃんと紫陽花さん用の居場所を作って、クッションを配置していた。体育会系……！

「ありがとうね」

「いえ！」

紫陽花さんが着席する。わたしの席は用意されていなかったので、自分の部屋にいって自分のクッションを持ってきた。紫陽花さんの隣に腰を下ろす。

「それで、なんで紫陽花先輩が？」

「妹に会いに来てくれたんだよ」

「あたしに……？」

首を傾げる妹の前、わたしは紫陽花さんにアイコンタクトを送る。

さて、お願いします先輩！　この小娘の凍てついた心に、人間の温かさを思い出させてやってください！

「えっとね」

紫陽花さんは両手を合わせて、人を安心させるような笑みを浮かべる。百点満点！

「遥奈ちゃん、学校を休んでいるんだって？」

「あー、はい」

妹は、そのことだろうなー、という顔をした。

「すみません、紫陽花先輩。お姉ちゃんになんか吹き込まれたんですよね。わざわざうちにまで来てもらって……」

「ううん、遥奈ちゃんだって私の後輩みたいなものだから。なにか困っていることがあるなら、力になってあげたいって思うんだ」

はわわ、天使……♡　その光に照らされた妹は、目をハートにして『今すぐ学校行ってきます！』と走って部屋を出ていくのかと思えば……。

「うーん、別に困っていることはないんですよー」

当たり前みたいに答えてきた。

なんだと……。

「でも、学校休んでいるんだよね？」

相手の心を守りながら、その心を掬い上げるように、穏やかに尋ねる紫陽花さん。

「不登校を貫いています」

「うん。そこには、ちゃんと理由が」

妹は顎先に手を当てて、斜め上を見上げながら問いかけてくる。

「むしろ、どうして学校に行かなくっちゃいけないんですか？」

えっ。

紫陽花さんも目を瞬（しばたた）かせる。

「どうして、って」

「確かに中学校は義務教育ですけど、でも登校は生徒の自由ですよね。そうじゃなかったらムリヤリ引っ張っていかれるわけだし」

「えっと」

「ですけど、私は今、ものすごく学校に行きたくないんですよ。それってどうでしょう。めちゃめちゃダメなことですか？」

妹がそう尋ねると、紫陽花さんは明らかに困っていた。

「行きたくないのを、無理して行くことはないとは思うけど……」

こういうとき、紫陽花さんが『いいから行きなさい』って頭ごなしに言いつけるはずがない。

まず相手の事情を聞いて、その上で協力して解決してあげたいと理解を示してくれるのが紫陽花さんなんだから。

ただ、この場合って……。

「でも、話してくれたら、力になれるかもしれないよ」

せめて事情だけでも……という紫陽花さんのお言葉に、妹はしゃっきりと首を横に振った。

「いえ、これは私の気分の問題だけなので、紫陽花先輩にお話しできるようなことはまったくありません！」

「そ、そうなの……？」

　紫陽花さんがあたふたと問う。

　ちょ、ちょっと……？　なんか、雲行きが怪しくない……？

　真面目な顔で、妹はうなずいた。

「誠に申し訳ないんですが、そうなんです、わざわざ紫陽花先輩に来てもらって追い返すみたいな形になってしまうのは、あたしもすごーく不本意でありまして」

「う、うん」

　相手の気持ちを慮る能力に極めて秀でた紫陽花さんに、妹はしっかり自分の気持ちを伝えつつも、新たな提案を持ち掛ける。

「そういうわけで、どうでしょう、紫陽花先輩！　一緒にゲームとかどうです？　あたし、ちょっとずつ上手になってきたんですよ！」

　弾む声に戸惑った紫陽花さんが、肩越しに振り返ってくる。

　わたしはなにを言えばいいかわからず、ただコクコクとうなずくしかなかった。

　それからしばらく、紫陽花さんと妹は、並んでゲームをして遊んでいた。

　紫陽花さんとわたしの目的は達成することはできなくて。一応、一緒にゲームをやったことで、少し懐の中に入ることはできたのかな……程度の達成感を手にするしかなくて。

もしかしてコイツ……手強い……!?


紫陽花さんを改札の向こうに見送って、わたしはため息をついた。

正直、すぐに片が付くと思っていたんだけど……。その目論見は、甘かったかもしれない。

紫陽花さんは『これはちょっと時間がかかりそうだね』と困ったように微笑んでいた。紫陽花さんというチートを使っても、一発クリアーというわけにいかないなんて。

妹め……。あんな、あんな紫陽花さんの優しさを利用するみたいに……！

はぁ……帰ろ帰ろ。


……ん？


そこでわたしは奇妙なものを発見した。

駅の階段を下りてすぐ。アスファルトの歩道の上。

体育座りをした女の子がいた。

「えっ!?」

思わず声をあげてしまう。いや、だって、女の子がいるんだもの！　コンビニの前でもないのに！　具合とか悪いんじゃないの!?

どうしようかと戸惑いながらも駆け寄る。ええと、ええと。

すると、女の子が顔をあげた。

うぐ。目が合ってしまう。

珍しい、銀色の髪の女の子だった。肌が雪みたいに白くて、どうやら日本人じゃなさそう。

普段からクインテットを見慣れているわたしが見ても、なんかすごい美少女だし、しかもどことなく高貴な雰囲気がする……。

いや高貴な人がなんでこんなところで座り込んでいるのかって感じだけど。

しかし、目が合った以上、このまま無視するのも人の道に外れた行い……。わたしは勇気を出して、話しかけた。

「え、えと……。めいあいへるぷゅー……？」

「？？？」

めちゃめちゃ首を傾げられた。

「はじめまして」

「えっ!?　初めまして!?」

非常に落ち着き払った声だった。ここが社交場とかならふさわしいのかもしれないけど、でも人通りの多い駅前に座り込みながらじゃ、場違いすぎる！

彼女は膝を抱いたまま、お人形さんみたいな瞳で問いかけてくる。

「あなたは悪人ですか？」

「たぶん違うと思いますけど！　あっ、大して善人でもありませんが！」

「だったら、よかったです」

女の子が立ち上がる。うお、顔がちっちゃいからわからなかったけど、わたしより背が大きい。真唯とか紗月さんぐらいある。年齢は……海外の人なのでわからないけど、雰囲気的には高校生ぐらいだろうか。神秘的なオーラが漂ってくる。

「いきましょう」

「どこに!?」

「りゅしーのおうちに」

ええと、ええと……。わたしは不慣れな言語を駆使するかのように、尋ねる。

「あなた、リュシーさん？」

こくりとうなずく女の子、もとい、リュシーさん。

「わ、わたしは甘織れな子、です」

「そうですか。れなこさん」

これ、コミュニケーション、取れてる？

「りゅ、リュシーさんは、どこに行きたいの？」

「おうち」

「それって、道がわからなくなっちゃったってこと……？」

そう尋ねると、リュシーさんの顔が蛍光灯のように輝いた。うわ、美少女の輝き……！

「そうです！　れなこさま！」

「様!?」

「やっぱりあなたは善人ですね！　案内してください！」

「待って待って待って！　わたし、あなたのおうちの場所、知らない！」

飛びついてきそうな大型犬を制止するように、両手を前に突き出す。するとリュシーさん（リュシーちゃん、か？）は、ポケットからごそごそとなにかを取り出した。一枚のメモだ。

「ここがリュシーのおうちです。わかりますか？」

そこには、駅までの簡易的な地図が描かれていた。うっ、甘織れな子は現在地が表示されていないタイプのマップを見るのが苦手な女……。

しかし、リュシーちゃんに、まるで幼稚園児が保育士さんを見るような純粋な信頼の眼差し（まなざし）を向けられて、ワカラナイヨ～とは言いづらい……。

「あ、裏にはちゃんと住所書いてあるじゃん！」

やった！　わたしは生まれてこの方、地元暮らし！　これならわかる！

「れなこさま……？」

「おっけおっけ、これなら案内できるよ。さ、行こ」

「れなこ大明神（だいみょうじん）！」

「ぐえ」

強く抱きつかれた。人に懐いたクマに、もみくちゃにされてる気分だった。

「ま、まってまって！　普通でいいから！　れな子でいいから！」

「れなこさま」

「うう～～～ん！　まあ、いいけど！」

妥協して歩き出す。すると、リュシーちゃんがあまりにも自然に手を差し出してきた。

まあ、しょうがないか……。見知らぬ土地で心細いのかもしれない。わたしはその手を引いて、歩いていく。ハーネスつけた子供を引っ張っていくような気持ちだった。

「リュシーちゃんは、えっと、外国の人？　最近日本に来たの？」

「はい、そうです」

「へー。あ、でも日本語すっごく上手だよね」

「来たことは、何度もありました。でも、今は住んでいるんです」

なるほど、引っ越してきたのか。いくら言葉が通じるからって、大変そうだなあ。

わたしだったらアメリカにひとりで放り出されたら、ぜったいムリムリってなっちゃうもんな。旅行だってできそうにない。

「あ、ちなみにあれが交番だよ。もし次から道がわからなくなったときは、あそこで聞いたら親切に答えてくれるからね」

「れなこさまは？」

「え？　いや、通りがかったらそりゃ、助けてはあげるけど……」

そう都合よくタイミングが合うわけがないし……と言う前に、リュシーちゃんがまた「れなこさま！」と抱きついてきた！　ええい、距離感近すぎる！

「でも、いつもいつも都合よくいるわけじゃないからね!?」

「何曜日の何時ぐらいにいますか？」

「聞き出してくるじゃん……！」

スマホ世代にあるまじき、なんてアバウトな情報だ。わたしはとりあえず、登校と帰宅のだいたいの時間を教える。するとリュシーちゃんは満足そうだった。

「わかりました。困ったらその時間、駅にいます」

「新手（あらて）のストーカー！」

どう考えてもなにかがおかしいリュシーちゃんに、わたしは言いたくはない。言いたくはないが……。諦めて、ポケットからスマホを取り出す……。

「だったら、連絡先とか……。スマホは？」

「スマホ」

上から下までリュシーちゃんを眺める。どう見ても手ぶらだった。

「持ってはいます」

自宅にあるという意味だろう。どうりで迷子になるわけだ……。

「そ、そう……。じゃあ、次会ったときにね……」

「はい」

表情は薄いけれど、それが嬉しそうな微笑みだってことは、なんとなくわかってきた。

そういえば……と自身の過去を振り返る。わたしは昔からこういう、悪い子じゃないけど、ちょっとヘンな子に対して、自分から関係を切ることができなかった。

そのせいでいつか自分がトラブルに巻き込まれるとしても、でも、向こうに悪気はないわけだし……。それを言うなら、わたしだって決して自分が完璧な普通の真人間じゃないことを自覚しているわけだから、お互い様だし……。

自分の意思をしっかりと示せる人は、すごいよね。わたしにはできない。

「でも、引っ越してきてぜんぜん知り合いがいないいんだったら、毎日どうしているの？」

「お仕事してます」

「まさかの社会人!?」

嘘だろ……？　駅から自宅まで歩いて帰ってこれず、駅前で座り込んでいるような女の子が……？　それで仕事ができるなら、わたしにだってできるんじゃない!?（失礼）

「あとは、おうちでずっとゲームしてます」

「！」

リュシーちゃんが名前を挙げたのは、世界的にも大流行中で、まさしく最近わたしがいちばんハマっているＦＰＳのゲームだった。

「や、やっているの……？　リュシーちゃん。ちなみに、ランクのほどは……」

「プラチナです」

「わたしと同じ！」

思わず繋いだ手にぎゅっと力を込める。

「いやー、嬉しいな。わたし、自分と同じぐらいＦＰＳやってる女の子見たことなくて……。えー、嬉しいなあ。ねえねえ、キャラなに使っているの？」

「マップやパーティーにもよりますが、メインで使っているのは――」

それからしばらく、わたしたちはＦＰＳ談義に花を咲かせた。いや、わたしが一方的に話し続けた……？　いいや！　きっと花が咲いてたはず！

趣味の話は、なんでも探り探りだ。ボールを投げる力を徐々に強くして、相手がどれぐらいまでならキャッチしてくれるかを、確認していく作業なんだけど。

リュシーちゃんはわたしがどんなに力を込めて投げても、ちゃんと受け取ってくれた。

「いや、あの運営ほんとに調整方針がおかしいよね！　だってあんなアップデートしたら今まで使っていたキャラが、完全な下位互換になるってわかるじゃん！　使用率めちゃめちゃ下がって、いろんなキャラ使ってほしいのかもしれないけど、あれはないよね！」

「そうですね。リュシーのメインキャラだったので、かなしかったです。ランクマッチではあんまり見なくなりましたけど、でも実は、まだまだやれることも多くて」

「えっ、そうなんだ!?」

興奮して徐々に早口になっていくわたし。だけど、リュシーちゃんはずっと引かずに受け答えをしてくれた。わたしたちはとても楽しい時間を過ごして、そして——。

「あっ、えっと、ここがリュシーちゃんのおうち?」

「そうです」

書かれた住所に建っていたのは、見上げると首が痛くなるようなタワーマンションだった。受付にコンシェルジュさんがいるような。

「す、すごいところに住んでいるんだね」

「はい。地上から砂にねらわれても、この射角なら安心です」

ふふふとリュシーちゃんは笑った。砂というのは、FPS用語でスナイパーのことだ。そんな言葉が自然に出てくるほどに、リュシーちゃんはゲームをやっている……!

「では、れなこさま。きょうは本当に、ありがとうございました。このお礼は、いつか必ず」

「あ、ううん、お礼なんていいってば。わたしも楽しかった!」

リュシーちゃんはその場で深く頭を下げる。銀色の髪が揺れて、澄んだ川の底で太陽を反射して輝く貝殻(かいがら)のように、綺麗だった。

「今度一緒に遊ぼうね！」

「はい、ぜひ」

そこでリュシーちゃんはなにか思い出したように顔をあげて、とてとてと駆け寄ってくる。

わたしがハテナマークを浮かべていると、正面からぎゅっと抱きしめられた。うわ！

耳元でささやかれる。

「本当に、ありがとうございました……。Merci du fond du cœur」

「え？　え？」

不思議な響きの音を浴びて、わたしは思わず固まる。

リュシーちゃんはわたしを離した後、また一度頭を下げて、それからマンションの中に戻っていった。

熱くなった耳を押さえて、わたしはドキドキしながら、つぶやく。

「えっと……。さっきの、何語？」

わたしと謎の少女リュシーちゃんとの出会いは、今はまだ、いったいどんな意味があるのかも、わからないままだった。

第二章　わたしにしかできないことなんて、そんなのムリ？

「れっなっ子、クーン♪」

「えぁ？」

学校の廊下。弾んだ声で話しかけられて、わたしは驚きながら振り返る。

駆け寄ってきたのは、Ｂ組の女の子。先日、球技大会のあれやこれやで知り合った照沢耀子ちゃんだった。

「今、帰りっ？」

「うん、そうだよ」

耀子ちゃんは球技大会が終わった後も、なにかとこうしてわたしを気にかけてくれていて、そのたびに隣のクラスに友達（いや、知り合い……？）がいるんだという感覚が、わたしの胸を温かくさせてくれた。

万が一、Ｂ組と合同でなにかあったときとかに、孤立せずに済むからね……。学校生活は、知り合いが多ければ多いほどいい……。人脈こそが力よ……。

「あ、だったらさ、れな子クン」

ぱちんと手を打った耀子ちゃんが、かわいらしくわたしを覗き込んでくる。うっ、これは美少女だけに許された必殺技、おねだりの上目遣い！　香穂ちゃんもよくやってくるやつ！

「今からさ、友達と遊びに行くんだけど、れな子クンもどうかなー？」

「……と、友達と？」

「うん！」

にっこりと微笑む耀子ちゃん。

心の甘織れな子が、尖ったメガネをクイと持ち上げて、嘲る。

『いや、耀子ちゃんの友達は、わたしにとって友達の友達という名の赤の他人なので、その人と遊びに行く理由はありませんよね？　そんな当たり前のこともわからないんですか？』

だめだ！　友達との友情にも亀裂が入る！

トラウマは払拭されたけど、ハッキリと人の誘いを断るのは、まだまだ苦手だ。なぜならわたしは人を嫌な気持ちにさせたくないから……。

困っていると、耀子ちゃんの後ろから友達らしき人物がやってくる。ふたり。

「照沢、あとひとり誘うって言ってたけど、もしかして」

「えっ、お前、クインテットの甘織さんと知り合いなのか？」

男子だー！

わたしはあわわわと及び腰になる。しかも、B組の知らない男の子……！　顔立ちが整っていて、あか抜けていて、スポーツもやってそうな陽キャ男子！

「どうかな、れな子クン」

「え、エトエト、アノアノ……！」

最近、ちょっとずつ男子に慣れてきたと思っていたのに、それは錯覚だった。わたしが慣れてきたのは、A組の中でも、たまに言葉を交わす清水くんとか藤村くんとかであって『男子』という種族そのものではなかったのだ。

耀子ちゃんが顔を近づけてきて、その人懐っこい目を細めて笑う。

「ね、ね、実はわたしね、このふたり、もしかしたられな子クンに気があるかもっ、て思っているんだ。どう？　ふたりでれな子クンのこと、チヤホヤしてくれるかもよー？」

出た！　クインテットの中でも、甘織れな子は狙い目！　攻略難易度が低い割に自分はクインテットのひとりと付き合っているんだってステータスが手に入るオトク物件って攻略ウィキに書いているやつ！

てか、そんなのなおさら困りますよ！　いっぱい話しかけられちゃうってことじゃん！

どうしよう、どうしよう。断りたいんだけど、どう断るべきか。

耀子ちゃんは善意でやってくれていると思うし、ここで知り合いという名の淡いつぼみを枯れさせず、誰の気分を悪くすることもなくお誘いをなかったことにするためには……！

突如としてわたしのスーパーパワーが覚醒し、時間を巻き戻すことに成功するしかないのでは……!?　ええい！　時よ戻れ！　タイムリープー！

思いっきり眉間に力を込めたが、新たな力は発動しなかった。代わりに、まったく関係ないところから援護が来た。

「……なにやってるの、甘織」

「紗月さん！」

教室から出てきた紗月さんは、廊下でサイコキネシスに目覚めようとしているわたしを見て、眉をひそめた。その視線がスライドして、耀子ちゃんを向く。

「照沢」

「あはは。こんにちは、琴さん♪」

あれ？　当たり前のように挨拶するふたりに、わたしは首を傾げる。

「ふたりは、知り合い？」

紗月さんはまったくの無表情。代わりに笑顔で耀子ちゃんが告げてくる。

「うん、ちょっとしたところでね♪　それよりれな子クン、ね、一緒に遊びに」

ううう、それはぁ……。

わたしが言いよどんでいると、紗月さんに肩を摑まれた。

「お生憎様。甘織はきょう、私と用事があるのよ」

「……へえ？」

耀子ちゃんが目を細める。しかしそれも一瞬のこと。耀子ちゃんはかわいらしく笑った。

「えー？　そうなの？」

耀子ちゃんに見つめられて、わたしはぎくしゃくとうなずく。

「あ、う、うん！　そ、そう……実は、そうで……！　ごめんね！」

「そっかぁ。じゃあ仕方ないね！　また今度！」

振り返った耀子ちゃんがなにやら言うと、男の子たちは残念そうにしながらも、爽やかな態度で『また今度なー』と手を振ってきた。いい人たちだ。困る。

あはは……。わたしも力なく手を振り返す。

「照沢」

去り行く耀子ちゃんの背中に、紗月さんが冷たい声を出した。

耀子ちゃんがぴたりと足を止める。

「勝手な真似はしないで頂戴。私がやると言ったはずだわ」

振り返ってきた耀子さんはいつも通りの笑顔だけど、その口の端がなにやら悔しそうにぴくぴくと動いていた。

「……そうだったっけ？」

「ええ。だから、そうね。ご苦労様」

「ん……。それじゃ、がんばってねー♪」

今度こそぴらぴらと手を振って、耀子ちゃんが去っていく。

えっと……。わたしはじゃっかん怯えながら、紗月さんを見上げた。ふたりの間に流れていた微妙なムードに、冷え冷えとしたものを感じてしまう。

実際、紗月さんは球技大会の一件でB組と戦争する気バリバリだったし……。まだ確執が残っているんだろうか……。

こわごわと問う。

「もしかして……。仲悪いとか、ですか？」

「そういうわけじゃないわ。私は誰とでもこんな感じよ」

「それもそうですね」

「……」

秒速で納得すると、なぜか紗月さんに白い目で見下ろされた。だって説得力あったんだもん！　そんな態度で生きている紗月さんのせいじゃん!?

「あ、でもよかったんですか。きょうはもうちょっと勉強してから帰るつもりだ、って」

紗月さんはすっかりと身支度を整えて、鞄を持っていた。

「……まあ、どっちみちよ。あなたの妹のことも、気にかかっていたから。もののついでで、このまま、あなたの家に向かいましょう」

「わ、わかりました」

わたしは紗月さんと連れ立って歩く。やっぱり友達と一緒にいるのは落ち着くなあ……と言いたいところだったけど、いやぜんぜん落ち着かないな。緊張する。

紗月さんは大親友だけど、ちょっとカテゴリーが違うからな……！

せめて場を和ませるために、なにか、なにか。

と、そこで紗月さんがぼそっとつぶやいた。

「……勘違いしないようにね。今のはあなたを助けたわけじゃなくて、単純に、あなたの妹のことが脳裏をよぎって、勉強に集中できなくなっただけだから。照沢の明るい声が聞こえてきて、気になったわけじゃないから」

「えっ、あ、はい、わかってます！」

わたしは入れ食いのワカサギみたいに、差し出された話題に全力で食いついた。

「紗月さんがそんな、善意でわたしを助けに来てくれるとか、都合のいいこと考えるわけないじゃないですか！　大丈夫ですよ！　紗月さんは確かに時々ものすごく優しくてこの人こそがもしかしたら本当の天使なのか!?　って血迷ったこと考えるときも確かにありますけど、でも基本的には自分と自分以外のすべてに厳しくて、幼稚園の頃に桃太郎を読み聞かされたときも『民衆という弱者は鬼に搾取され、そしてより強い桃太郎が財宝を根こそぎ強奪する。弱肉強食。それこそが唯一信じられるこの世の摂理なのね』って感想をのたまうような人だってことは、ちゃんとわかってますから！」

紗月さんにローキックで膝裏を蹴り飛ばされた。

「痛ぁ!?　なんで!?」

叫び声をあげると、紗月さんはさらりと黒髪をなびかせながら歩いていく。

「なに立ち止まっているの。行くわよ、甘織」


道すがら。わたしは怯えつつも、前回紫陽花さんが家にやってきたときの様子を話す。

なるほどね、と（わたしにローキックした）紗月さんは表面上はいつもと変わらぬ態度で、（わたしにローキックした）長い脚をきびきびと動かして、駅までの道程をたどる。

「瀬名の思いやりと優しさが、仇になったのね」

「それは……確かに、そんな感じでしたね」

「誰かに悩みを相談しようと思ったら、瀬名以上の適任者はいないでしょうけれど。でも、そもそも誰にも話そうとしない相手から悩みを聞き出すのは、むしろ瀬名にとっては苦手分野と言っても過言ではないわ。あの子は、司祭であって、心の外科医ではないから」

後半はよくわからなかったけど……前半は、そうかもしれないって思った。

こないだ妹の不登校の件を話したときは、そこまで興味がなさそうな態度だったけど、でもなんだかんだ（わたしにローキックした）紗月さんもキチンと力を貸してくれるみたいだ。ありがたい……。

「（わたしにローキックした）紗月さんは、なんか、ちゃんと人を見てますよね」

「……。それは、どういう意味？」

「ああ、いや、他意はなくて！　わたしは、紫陽花さんだったらぜったい大丈夫だ！　って思ってただけで……。そこまで考えが至らなかったなあ、って」

夏休みに紗月さんに言ってもらったことを思い出す。『だからあなたはせいぜい、自分が作り出した幻想の瀬名ではなく、本物の瀬名を見てあげることね』と。

そういう意味で、わたしはまだ幻想の紫陽花さんを見てしまっているのかもしれない。

自分にはできないことで、誰かにプレッシャーをかけられるのは、つらい。

だったら……もしかしたらわたしは、紫陽花さんにしんどいことをさせてしまっていたのだろうか。（あと、そういえば紫陽花さんにも『むーむー』言われながら叩かれたな……と思い出した。もしかして私の言動に原因があるのだろうか……？）

「まあ、あなたがそれに気づいただけで、ずいぶんな前進だとは思うけれど」

「そう、ですかね……？」

「少なくとも私は、その人の嫌な部分や見たくない部分を知って、それでも友達や、家族でいようとお互いを許容し、繋がり合っている方が、よりよい関係だと考えているわ」

うーん……深い。

その言葉も、今なら少しわかるつもりだ。

けど、いつかまた振り返ったときに、本当に紗月さんの言いたかったことは、これだったのか……と、気づく日がくるのかもしれない。

それは紗月さんの言ってくれた通り、成長だとは思うんだけど、でも、もどかしい気持ちもある。他のクインテットのメンバーとわたしは、まだまだ差がある証拠だから。

……いやいや！　そんなの当たり前じゃん！　だからわたしはがんばるって決めたわけで！

「がんばりますね！　わたし！」

「ええ。勝手にがんばって」

大親友の紗月さんに泣きながら『あなたは私の誇りだったわ』と言ってもらえるように！

「それ私かあなた死んでない？」

そんなことを話しながら電車に乗って、うちの最寄り駅へと向かう。

「そういえば、これは後になにも残らないただの雑談なのだけれど」

「はい。え？　はい」

ものすごい一方的な前置きをしてから、紗月さんが口を開く。

「あなた、照沢に最近なにかされた？」

「えっと……」

わたしはおずおずと聞き返す。

「やっぱり仲悪いんですか……？」

友達と友達の仲が悪いのはよくあることだけど、よくある分、最悪だ。気を遣うことが苦手なわたしにとって、世の中を生きづらくする要因のひとつだった。

「そういうのじゃないから」

「でも……」

「B組に対してのことを言っているんだったら、球技大会で私の気は晴れたわ。むしろ腹が立っているのは、最後にすべてをもっていった真唯に対してよ」

「それはそれで理不尽な！」

でもまあ確かに。紗月さんは撃退した相手をいつまでも気にするような性格には見えなかった。脳のメモリの無駄遣いだと思ってそう。

じゃあ耀子ちゃんに感じたトゲについても、気のせいなのかな。

だとすると、それはそれでどうしてわたしと耀子ちゃんのことについて聞きたがっているのかわからない。

と、足りない頭でせっかく精一杯、考えてみても。

「いいから」

結局その一言で、わたしは釈然としないまま話をさせられるのだ……！　紗月さんはいつも横暴だあ！

「別に、なんにもないですよ。顔を見ると話しかけてきてくれたり、ちょこちょこ遊びに誘ってもらったりするだけで」

「ふぅん。どこかに遊びにいった？」

「えーと。学校帰りに、カフェには寄りましたね。あの、駅前の」

「なんの話をしたの？」

「えっ？　いや、そのときは、えっと……」

記憶を探る。

思い返せば、いろいろと聞かれてばっかりだった気がする。

「あっ」

「なに？」

「い、いや、特には！」

そういえば耀子ちゃんはものすごく勘違いしていることがひとつあって、そのことについていろいろと突っ込まれたんだった。

すなわち、香穂ちゃんとわたしが付き合っている、という誤解。

『れな子クンは女の子からモテそうだからなー♪　もしかして他にもカノジョがいたりしてー♪』とか言われて、心臓が飛び出るかと思った。

他にカノジョがいることは間違いではない……。むしろわたしが付き合っているのは香穂ちゃんじゃなくて、真唯と紫陽花さんなのである……！

もちろん、そんなこと口に出すわけにもいかず。

最終的には『まあまあ、確かに簡単には言えないよね♪　じゃあ、もっともっとれな子クンと仲良くなれるようにがんばる！』と耀子ちゃんは笑って言ってくれた。

耀子ちゃんの気持ちは嬉しいし、わたしも仲良くなれるなら仲良くしてほしい。けど、そしたら今度また追及の手が伸びてくるんだろうなあ……。

ただ、恋愛話って、女の子みんな好きって言うし。なんたって、この紗月さんですら、恋愛を描いた本を読み漁っているほどなのだ。

「ともあれ、大した話はぜんぜんしてませんよ。ほんとに」

「そう。……とりあえずは、まだ探りを入れている段階みたいね。わかったわ」

「え？　なんですか？」

「なんでもないわ。こっちの話」

「はあ」

しかし、なんで急にわたしと耀子ちゃんの話を聞きたがったんだろう。

あ、もしかして！

わたしの頭にピコーンと電球が輝いた。

これ、紫陽花ゼミでやったところだ！

「ひょっとして紗月さん、嫉妬しちゃってるんですか!? 大親友のわたしが取られちゃうのかもしれないって！ なるほど、これが嫉妬！ 勉強になります、紗月さん！」

数秒後、わたしは再び紗月さんにローキックで膝裏を蹴り飛ばされた。

紗月さん最近、乱暴だよお！ この暴力系ヒロインー！

とりあえず、（わたしにローキックを二発入れた）紗月さんが嫉妬してくれているのかどうかはともかくとして、嫉妬という感情の取り扱い方は、ニトログリセリンのように難しいようだ。わたしの人間レベルじゃまだ手を付けない方がいいんじゃないかなあ……。

そんなことを思っているうちに、我が家に到着した。

また例のごとく妹の部屋をノック。ドアを開けると、きょうはゲームじゃなくてスマホを見てベッドに寝っ転がっている妹がいた。

「ただいま。それと、きょうもお客さんが来ているよ」

「えっ？」

飛び起きる妹。わたしの後ろに立っていた（わたしにローキックを二発入れた……はもういいとして）黒髪の美少女が、小さく手をあげる。

「お邪魔するわ。久しぶりね」

「さ、紗月先輩！」

妹はさっさかと髪をブラシで梳かすと、こないだと同じようにクッションを配置した。それからわたしを軽く睨んで。

「お姉ちゃん、さすがに次からは、誰か呼ぶときはちゃんと連絡してほしいなー……」

「ごめんごめん」

素直に謝り、心の中で舌を出す。連絡したらそれまでに理論武装される危険性があるからね。これからもオールウェイズ抜き打ちだよ。

「いやあ、こんな部屋着ですみません。それで、えっと……。紗月先輩も、もしかして私に用があったり、します？」

紗月さんが脚を畳んで、行儀よく座る。

「そうね。あなたのことをお姉さんから聞いて、少し話をしてみようと思って」

「そうですかー……。いや、ほんとにお手数をおかけします」

ぺこりと妹が頭を下げる。先輩に対して、いつも礼儀だけは正しい。

ただ、きょうはこないだみたいにはいかないぞ、妹。

なんたって紗月さんがやってきたんだからな。最大限に相手を慮って、その心を解きほぐしてくれる紫陽花さんとは住む世界が違う。

右手に催涙スプレー、左手にスタンガンを装備した母親に『歯向かう相手は叩き潰しなさい』と教えられて育った女だ。そんなの紗月さんかゾルディック家ぐらいでしょ。

さすがに今回は、したたかな妹であろうと、相手が悪かったと言わざるを得ない。

さあ、本物の『暴(ぼう)』を味わうがいい――。

心の中、シャドウボクシングをしていると、紗月さんが髪を耳にかけながら口火を切る。

「前に、瀬名が来たみたいね」

「あ、はい。紫陽花先輩ですね。一緒にいっぱい遊びましたよ！」

「私は瀬名とは違うから、あなたの気持ちに寄り添ってあげるつもりは、ないわ」

平然と言ってのける紗月さん。

部屋の中には、妙な緊張感が漂ってきた。

……もしかしてだけど、やりすぎちゃったりしないよね？　紗月さん。

話し合い（果たし合いではない）が終わった後には、ちっちゃい子みたいに泣きじゃくる妹の姿があったりしないよね……？　それはそれでぜんぜん想像つかないけど、可能性がゼロとは言えない……！

『もう学校行きたくないよぉ……人間が怖いよぉ……』なんて泣く妹は、黒髪の女にトラウマを刻み込まれて、本格的に不登校の道を歩むことに……まさかね!?

だいたい、妹が泣いているところなんて見たことないし。……あれ？　見たことなかった、よな……？

なにかを思い出しかけたところで、妹が紗月さんに恐る恐る尋(たず)ねる。

「寄り添うつもりがない……というのは？」

「学校を休んでいるそうね」

「ええ、はい」

「勉強が、ずいぶんと遅れてしまうんじゃないかしら」

紗月さんは単刀直入に切り込んだ。

それは、誰もが心配することで。でも、親や家族が言ってもきっと『そんなのわかっているよ！』と反発されるような真っ当すぎる正論を、紗月さんは真正面からぶつけた。

「当たり前の話だけれど、一日休めば、一日。一週間休めば、取り返すのにそれだけの時間がかかるわ。そのことについては、どう考えているの？」

ただ、ちょっと物言いが鋭すぎる気がする。その術はわたしに効く……。

っていうか、わたしが不登校のときに紗月さんがやってきてこんなこと言われたら、間違いなくわんわん泣いていた。

妹は、泣かなかった。

「それは、わかっています。大丈夫です」

きっぱりと答える妹。立ち上がって学習机に向かうと、そこからノートを取ってきた。

「進められるときに、カリキュラムは進めてます」

「えっ？」

声をあげたのは、わたしだった。まじ？

「学校休んでるのに、学校の勉強してるの？」

「え？　してるよ」

なにを当たり前のことを、とでも言うように、平然と答えてくる妹。

いや……まじで？

紗月さんは表情を変えなかった。

「独学で進めるのと、授業で教えられるのとでは、ずいぶんと環境が違うわね。内容の理解度には、差が出るんじゃないかしら」

そんなことないよ！　とムキになることもなく、妹は「そうですねー」と答えた。

「でも、私ってこう見えても、勉強けっこう得意だったんですよ。学年で30番以内ぐらいなので、ぜんぜん余裕で取り返せるレベルだと思います」

「……ふぅん」

そこで紗月さんが軽く眉をあげた。え、なになに？

「あなたの見積もりにどれだけの確度があるのか、あるいはただ楽観視しているだけなのかは、ちょっとわからないわね」

「う、それはそうかもしれませんね……。あ、だったら！」

妹がぱっと顔を明るくした。

「もしよかったら、わからない問題とかあったら、今度、紗月先輩にラインで聞いてもいいですか？　そうしたら、勉強ずいぶん楽になると思うんですよ！」

いやいやいや。

そんなことしたら、妹が学校に行く理由が、さらになくなっちゃうじゃん！

「いいわよ」

「いいんだ!?」

思わず口出しをしてしまう。

紗月さんはわたしを振り向きもせず。

「どんな状況にいようが、その人が勉強したいと本心から願っているのなら、協力を拒む理由は私にはひとつもないもの」

「紗月先輩……。ありがとうございます！」

さっきは少し冗談めかしていた妹も、今度は深々と頭を下げた。

え、えー……。

なんだか、一件落着みたいなムードが流れてますけど！

「紗月さん！　一の矢は確かに空振りに終わりましたが、二の矢、三の矢を次々と仕掛けてもいいんですよ!?」

するとと、紗月さんはわずかに眉を寄せて。

「……私が、『学校は社会勉強の場なんだから、とりあえず行っておいた方がいいわ。コミュニケーション能力を育てるために、必要なことよ』なんて、言うとでも？」

人はみんな、自分に言えることしか言えない。それはわかるけども。

「前に言ってたじゃないですか！　レスバの極意は、いかに自分を棚に上げるかって！」

「別に私は、あなたの妹とケンカするためにここに来たわけじゃないわ」

「うぐ！」

それはものすごくその通りだった。自分を見失っていたのはわたしだった。

「ただ」

妹に向き直った紗月さんは、まるで最終通牒（つうちょう）みたいに告げる。

「環境は、生き物よ。あなたが学校を長く休むことで、あなたがいたはずの穴は、誰かに埋められてゆくわ。それってきっと、あなたは『居場所を奪われた』と感じることになるでしょうね。そのことは、忘れないで」

「……」

妹は少しだけ瞳を揺らす。

少なくともその言葉は、妹の心に響いたような気がした。

だけど、妹はすぐに表情を取り繕（つくろ）って。

「はい、ありがとうございます、紗月先輩」

覚悟の上だとばかりに、うなずいた。

そこで、紗月さんの周りに残っていた剣呑な雰囲気は、完全に霧散した。

「……そう。なら、いいわ。それで、どこかわからないところがあった？」

妹が笑みを浮かべる。

「あ、じゃあ早速！　数学と理科と英語で！」

「ずいぶんと多いじゃないの、まったく……」

教科書を持ってくる妹の横に、紗月さんがやれやれという顔で並ぶ。

家庭教師の紗月さんと、模範的な生徒の妹の声が部屋に響く。わたしは置いてけぼりのような気持ちを味わいながら、わなわなと震える。

紫陽花さんに続いて、紗月さんまでも、妹の説得に失敗してしまった……。これはさすがに、予想外……。

「ああそれと、これは余計なお世話かもしれないけれど」

「はい？」

紗月さんが、なんてことのないように言う。

「あまり、ご家族には心配をかけないように」

妹はきょとんとした後に、姉であるわたしを見た。

一瞬、目が合う。

なんて言うのかと思えば……。

紗月さんの言葉を、妹は笑い飛ばした。

「あはは、大丈夫ですよそれだけは！　お姉ちゃんがあたしの心配なんて、百年早い！」

「それは、そうかもしれないわね」

「うぐぐぐ！」

真実を言うんじゃないよ、真実を！

＊＊＊

「まさか学校を休んでいる間、ちゃんと勉強しているとは思わないじゃん……」

「はえー。それは大したもんだねえ」

学校でのお昼休み。

わたしは香穂ちゃんと一緒に、学校の中庭のベンチに座っていた。

本格的に冬が来る前に、今年最後の憩(いこ)いの場を堪能(たんのう)しに来たのだ。

わたしの顔色とは裏腹に、きょうは雲ひとつない秋晴れの天気。ぽかぽかしてて、過ごしやすい日だった。

「でもそうなると、ほんとになんで休んでいるんだろうねえ」

「それなんだけど……」

わたしは昨日の帰り道に、紗月さんから聞いた内容をそのまま話す。

『あの子は勉強のことを、余裕で取り返せるレベル、と言っていたわ。つまり、このまま卒業まで不登校を続けるのではなく、学校に登校するつもりがあるということよ。だったらこの行為は、むしろストライキに近いのではないかしら』

んー、と香穂ちゃんが腕を組む。

「なるほどねぇ……。ってことは、やっぱ原因があるってことかー」

「そうみたい。まあ、わたしには話してくれないわけなんだけど……」

紫陽花さんと紗月さんが聞き出せなかったことを、わたしがどうにかできるとも思えないけどね……。とほほ。

「あたしもね、せらーら・せーららにいろいろ聞こうとはしているんだけど」

ちなみにクインテットのみんなに協力をお願いしたところ、香穂ちゃんだけは、別ルートから力を貸してくれることになっていた。

『ほらほら、妹ちゃんのお友達。あたしの知り合いっぽかったから！　そういうこともできるかな、って』

そう。香穂ちゃんは妹の友達である星来（せいら）さんと、もともと知り合い同士。というかぶっちゃけ、コスプレ仲間。

妹が不登校になった原因も、星来さんならなにか知っているかもしれない。そう考えて、行動してくれているのだ。わたしにはなかった発想！

香穂ちゃんがパック飲料をずこーと飲みながら。

「あの子、この件に関しては、やたらとはぐらかしてくるんだよね。ラインでもＤＭでもインスタのメッセージでも、ぜんぶの連絡先でつっついているのに、ひとつも答えてくんないし」

「まあ、それぞれのＳＮＳで担当者が違うってわけじゃないし……」

でも、ってことは。

「星来さんはやっぱり、なにか知っているってこと？」

「うん、ぜったいそうだね。間違いないね」

すでに証拠を見つけた探偵のように力強くうなずく香穂ちゃん。

「というわけで、こっちはあたしに任せてくれたまえ。他ならぬれなちんの妹さんのために、がんばっちゃうからね！」

その頼りがいのある笑顔に、思わず胸がキュンと鳴る。

「うう、香穂ちゃん〜！　わたしはいい友達をもって、幸せ者だよ〜！」

「だしょだしょ。まあ、半年間、忘れ去られていた程度のオトモダチですけどネ」

「それはほんっとにごめんってば！　もうこれから一生忘れないから許して！」

「どうだかにゃあ」

怪しげに見つめられる。前科持ちに世間の目が厳しい！

「ど、どうすれば信じてもらえるのですか!?」

「そうだにゃあ……。あ、だったら」

香穂ちゃんはろくでもないことを思いついた顔をする。

「おへその下に『香♡穂』ってタトゥーを彫ってくれたら、信じるヨ」

「ほんとに一生モノのやつじゃん！」

わたしは下腹部を押さえながら叫ぶ。

実際にそれやって、真唯と紫陽花さんに見られたら、なんて言い訳するんだよ！

「そこまでしてくれたら、よーやくかのピの愛を感じちゃうにゃあ♡」

「嘘つけよ！　心の底から『うわぁ』って顔でドン引きするでしょ！　やらないけどね!?」

ぜぇぜぇと息を切らす。わたしはきょうも香穂ちゃんのオモチャであった。

……そういえば、紫陽花さんが香穂ちゃんとベタベタしていたことを、後から謝られたけど、わたしのこれもイチャイチャの範疇（はんちゅう）なんだろうか。紫陽花さんに嫉妬されちゃう……？

香穂ちゃんと目が合う。香穂ちゃんは「ん？」とかわいらしく首を傾（かし）げていた。

いや……これは友達だよね？　ただお喋（しゃべ）りしているだけだし。セーフじゃないかな。

心の中の紫陽花さんに問いかける。どうですか、紫陽花さん。『うん大丈夫！　ぜんぜんセーフだよ！』　ありがとう！

「どったの？」

「ううん、なんでもない。これから先も、ずっとわたしのそばにいてね、香穂ちゃん」

「またあたしのこと口説いてんノ？」

「違うから！」

それはもう嫉妬されるとかじゃないじゃん！　浮気じゃん！　だめなやつだよ！

「れなちんってさ」

香穂ちゃんは腕を組んで頬杖をつく。……なんでしょうか。

「マイマイとアーちゃんと、同時に付き合っているわけじゃん？」

「そ、そうですね」

慌てて、他の人に聞かれていないか周りを確認してしまう。香穂ちゃんはわたしと違って、迂闊なことはしないので、ちゃんと誰もいなかった。

「それで今、幸せじゃん？」

「……え、ええ、まあ」

一言で『幸せです！』と言い切るには、責任感とか周囲の目とかわたし自身の努力不足とか不甲斐なさとか、そういうたくさんのものが『異議あり！』と挙手してきちゃうんだけど。

「だったらそれって、もしかしたら将来的に四人になったり、五人になっても、幸せだって思えたりするのかな？」

わたしは思わず押し黙る。

「その質問は、いったい……？」

「んー、単なる興味。単なる興味」

単なる興味か……。まあ、身近に三人で付き合っている子なんてそうそういないから、興味がわくのもそりゃ当然、か……。

「どうだろう、わかんない」

そもそも人数が増えることをまったく想定していない。

前に紗月さんに、ふたりも三人も同じじゃない？　ってちょっかいかけられたことはあったけど、あれは本気じゃないだろうし。

「例えば、サーちゃんが」

「え？」

急に出てきた紗月さんの名前に、ドキッとした。え？　心の中を読まれた？　読心術の使い手が世界的に増加している？

「いや、サーちゃんはやめとこ……。なんか、怒られそうだし……」

「なんなの!?」

単なる興味の割には、香穂ちゃんの態度はなんだか慎重だった。

わたしの知らないところで、また紗月さんがなにかしたの……？

いや、いくら紗月さんとはいえ、そんなにしょっちゅう問題を起こすわけがない。紗月さんはいつだって冷静で理性的な女性……だし……？　自信ないな。

「ある日、れなちんの前にものすごく魅力的で素敵で最高の女の子が現れました」

「うん」

「その子はあの手この手でれなちんを魅了してきます。最高の女の子なので、れなちんも最高の気分になって、その子と付き合いたいなーって思います」

わたしはなんとなく真唯の顔を想像した。真唯がもうひとり……？　ぜったい手に負えない。真唯はやめよう。顔のない影絵の女の子になった。誰だコイツ……。

「となったら、れなちんの選択肢は？」

「んー………。真唯と紫陽花さんより魅力的な女の子が、そもそも想像できない……」

「突然ののろけか!?　じゃあ同じぐらいでいいよ！」

「そんな子がわたしを好きになってくれるはずがない」

「めんどくさい女だなあ！」

この件に関しては、そう言われましても……。

真唯と紫陽花さんがわたしを好きになってくれたこと自体が、世界中の人とジャンケンして全勝優勝を果たすぐらいの奇跡なわけだし……。

「じゃあ同じことがアーちゃんに起きたら!?」

「同じこと」

「アーちゃんがめちゃめちゃ魅力的な人を見つけて、その人とも付き合いたいと言って、相談してきたら？」

「…………………」

　わたしは紫陽花さんがトム・クルーズを連れてきた姿を想像した。

　その場合、わたしもトムと付き合うことになる……？　トムくん、レナーコ、と呼び合う仲に？　でもそれが紫陽花さんの望みなら……。

　わたしも、わたしの望みを叶えてもらったわけだし、トムを受け入れなければならない……。

　それがムリムリなら、紫陽花さんとは別れることに…………？

「だんだんつらくなってきたよ、香穂ちゃん」

「だめかぁ」

　香穂ちゃんは、人間を蘇らせる実験にまた失敗した科学者みたいに、額に手を当てた。

　でも、確かに……。

「それって、わたしはともかく、真唯にも紫陽花さんにもぜったいに起こらないって保証は、ないよね……」

　わたしはちゃんとがんばるつもりだけど、他の人だって人生をがんばっているわけだからさ。

　わたしはわたしだけが真唯と紫陽花さんの特別だと、うぬぼれることができない。

だって現にわたしたちは、三人で付き合っているんだから。

「紫陽花さんが、幼い頃に夢を誓い合った男の子がいて、その子がアメリカに行ってトム・クルーズになって芦ケ谷高校に帰ってきて、ふたりはかつての恋心を思い出しちゃうとか」

香穂ちゃんが「えげつない整形じゃん」とつぶやいた。

自分で言ってみて、なんか、チクリと胸に黒い痛みが走る。紫陽花さんはわたしと付き合っているのに……という心の声が聞こえてきて、ハッとした。

今度こそ本当の電球がピコピコピコーンと光り輝く。

これが、嫉妬……!?

確かに嫌だ。紫陽花さんに、わたしの知らない大切な男の子がいたら、うぐぐ、ってなっちゃう！

そうか、これが嫉妬……。確かに嫉妬だ。

わたしは嫉妬の感情を手に入れた！

「どうしよう、香穂ちゃん！　わたし、その人のことを受け入れられないかもしれない！　でも紫陽花さんの幸せのためには受け入れないと！　でもムリかも！　ムリだった！」

「じゃあ、アーちゃんが三人関係を抜けて、トム・クルーズとふたりで付き合うことに？」

「それもやだ！　困る！　いや、でも、それも紫陽花さんの幸せなら……!?」

それでも真唯と付き合っているわたしは残るんだから、じゅうぶんすぎるほど幸せなはずなのに……。三人で付き合うってことは、恋人が二倍！　不安も二倍ってこと!?

だんだん、わたしには手の付けられない話になってきた。

こんな仮定の話で落ち込むなんて、バカすぎる。

後日、紫陽花さんに聞いてみたところ、幼い頃にアメリカに行った男の子の幼馴染みはいないらしかった。よかった。いやそうじゃなくて。

香穂ちゃんを膝に乗せて、ほんわかと微笑んでいた紫陽花さんのことを思い出しながら。

ぽろりと、わたしは言葉を漏らす。

「もし紫陽花さんが好きになって、付き合いたいって言い出すんだったら、香穂ちゃんがいい……。香穂ちゃんだったら、四人でもなんとなくうまくいきそうな気がするから……」

「…………………」

香穂ちゃんはしばらく押し黙る。

……あれ。

なにかヘンなことを言っただろうか、と顔をあげると。

ピン、と香穂ちゃんに額をデコピンされた。いたっ。

「な、なに!?」

笑み……というか、丸ごと猫をかぶっているような顔で、香穂ちゃんが言う。

「れなちんはほんっとに、いっぺん死んだほうがいいかもしれないネ」

「そもそも香穂ちゃんから振ってきた話題なのに!?」

その理不尽な物言いに、わたしは思わず額を押さえながら悲鳴をあげた。なんか最近わたし、人に叩かれたり蹴られてばっかりじゃない!?

＊＊＊

「お待たせ、れな子。……れな子?」

わたしはよろよろとリムジンの中に入って、座っていた真唯の体に抱きついた。

「うう、真唯は、真唯だけは最後までわたしのそばにいて……」

「う、うん。どうしたんだい、いったいなにが」

お昼休みの香穂ちゃんとの話が、思ったより尾を引いていた。おかげで午後の授業にまったく集中できなかったほどだ。いや、それはいつものことか。

本日はついに、対遥奈(はるな)用の最終兵器、真唯の出番だ。

しかしその前に、わたしのメンタルを回復させてもらわないと……。

「うう、真唯……。本物の真唯……真唯の感触……真唯の匂いがする……」

「う、うん。真唯だけれども」

放課後、迎えに来てくれたリムジンで、我が家へと向かうその道中。

べたべたと腰に抱きつくと、真唯がぽんぽんとわたしの背中を撫でてくれた。

「真唯はどう？　幼馴染みいる？」

「幼馴染みのようなものはいるけども」

「ひょっとしてハリウッド俳優の!?」

「私の知る限り、紗月が映画に出演したことはないなあ」

真唯はわたしを膝の上に乗せたまま。

「またなにか想像して、不安を覚えているのかい？」

「真唯はわたしのことなんでもわかるね……。すごいね、将来は甘織れな子博士かな……」

「そうなれたらいいと思っているよ」

意味のわからないわたしの言葉に調子を合わせてくれる真唯は、きょうも優しかった。この優しさを失いたくない……。

そして、失わないために、わたしは努力をし続けるんだ。そう自分で決めたはずなのに、違う懸念が出てくると、すーぐまた凹むんだから。

中学時代の陰険な甘織れな子が、小悪魔みたいに笑っている気がした。『だから最初から、身の丈に合わない幸せに手を伸ばすべきじゃなかったってのに』と。

くそう！　自分じゃなにも行動しないくせに人の失敗をあざ笑うような人間にだけは負けたくない！

がばっと起き上がる。

「だめだめ今のナシ！　もっかいやり直そう！　わあ真唯だ！　きょうはよろしくね！」

能天気な笑顔を真唯に向ける。

真唯はわたしの手を引いて。

そのまま、鼻の頭にキスをしてきた。

うっ………⁉

軽く触れるだけの、口づけ。

なのに体が硬直し、頬が熱くなる。

真唯は微笑む。

「どうだい、少しは気分が楽になったかな」

わたしはコクコクとうなずく。

「なりました。楽に……」

「本当かな。もうしばらくしておこうか？」

「いや、今から妹のもとに行くのにおさわりとかおさわられとかなんか気まずいんで！」

わたしは早口で答える。真唯はふふふと笑った。

なんか、なんか……不意打ちだったから、今のはかなりときめいてしまった。

黒い不安感が、スキンシップひとつで、こんなに軽くなってしまうなんて……。

わからない。人間のメンタルのメカニズム、どうなっているんだ。

心の甘織れな子はわたしに冷たい視線を向けてくる。『勝手にひとりで悩んでドタバタして、勝手に不安になっておきながら、カノジョのキスひとつでご機嫌になるとか、なんなん？　恋する乙女そのものじゃん……引くわー……』　ウオオオオー！

いいじゃん！　もうわたしは恋する乙女なんだよ！　わたしと真唯は付き合ってるんだからさ！　自分を『恋する乙女』のカテゴリーに入れるとか、身の毛がよだつけど！　でもそうなんだからしょうがないじゃん!?

はぁ、はぁ、はぁ……。なんだかんだ今の出来事が衝撃的すぎて、嫉妬に悩んでいたことなんて吹き飛んでしまった……。

「真唯……。わたし、変わったよね……」

「え？　う、うん、そうだね」

真唯は少し驚いてから、口を開く。

「初めて出会ったときからもちろん魅力的だったけれど、目の前の難問に挑戦し、それをひとつずつ乗り越えてゆくたびに、君は成長を重ねていった。なにより」

まるで告白するように、真唯がささやく。

「君は前よりもっとかわいくなったよ」

「〜〜〜っ！　ありがと！」

わたしはヤケになったような笑みを浮かべた。恥ずかしいなあ！

するとと、真唯が軽く目を見開いて、それから笑った。

「ははは」

「な、なんですか？」

「いや、私はいつでも本音で話しているつもりだけどね。でも、れな子がようやく私の『可愛い』という言葉を受け取ってくれたな、と思って」

「――!?」

今度こそ、わたしの頭が爆発した。

「いやー、ここまで長かった」

真唯は腕を組んでウンウンとうなずく。

わたしは人間に出せるギリギリの高音域で抗弁する。

「ち、ち、ち、違うから!! 今のは、そう！ ボケ！ ボケだから！ 真唯の言葉に、ボケただけだからっ！ わたしはかわいくもなんともないからねっ!?」

「次の目標は、れな子にかわいいねと褒めたときに『えー、そんなに褒められても、笑顔しか出ないよ♪』って返してもらうことだな」

「その実績は永久に解除されないよ！」

「かわいいね、れな子」

「かわいくないよ!!　かわいかったことなんて人生で一度もないよっ!!」

わたしはガルルルと牙を剝く。

真唯は楽しそうに肩をすくめた。

ま、まったく……。まったくまったくまったく……。わたしは激しく暴れていた心臓の上に手を当てる。

今度こそ、嫉妬云々言ってる場合じゃない。自分が自分じゃなくなってしまう恐怖のほうが遥かに上だった。

しかし、真唯と出会ってから約半年でこんなに変わってしまったということは、もう半年経ったら本当に『え～？　そんなにはかわいくないよぉ～♡』って答える甘織れな子が爆誕してしまうのかもしれない。もしそうなったら……わたしは……わたしは………。

果たして真唯がどこまで考えてわたしを褒めたのかわからないけど、不安をより大きな不安で上書きされたわたしに、真唯が微笑む。

「でも、不安になる気持ちもわかるよ。たったひとりの妹御が、不登校になってしまったんだ。君の心配は、仕方ないことだろう」

「う、うん……そうだね……」

なんだったら今その不安、三番手だったけどね。わたしはひどい姉だ！

よし、真面目に妹のことを考える！　今から真面目モードのマジ織れな子！

「そ、それよりさ、きょうはほんとにありがとうね。貴重なお仕事のおやすみを、こんなことのために使ってもらって」

「なにを言うんだい。遥奈くんは将来、私の義妹になるのだから、このぐらい当たり前のことさ。それより、連絡はしてくれたかな？」

「あ、うん、さっき……」

そう、本当はきょうも性懲りもなく抜き打ちで妹に会いに行こうと思っていたのだが、真唯の指示で『今から行くよー』と妹にメッセージを送っていた。

真唯にはそれだけの自信がある、ということなのか。はたまた、他に考えがあるのか。

とはいえ、今になっては、あまり期待を押しつけるのも申し訳ない。妹の問題は、そう簡単な話じゃなさそうだから。

「でも、紫陽花さんも、紗月さんもだめだったから……。あんまりムリはしなくていいからね、真唯も」

「ああ、それなら心配はいらないさ」

わたしはしっかりと真唯の手を握って、訴える。

「大丈夫だよ！　真唯の嫌な部分とか見たくない部分を知っても、それでもちゃんとそばにいるよ！　幻想の真唯じゃなくて、ちゃんとした本物の真唯を見るんだからね！」

「う、うん。いつの間に私はそこまでれな子からの信頼を失ってしまったんだい……？」

わたしの過度なフォローを浴びて、真唯が悲しそうな顔をした。

そういうことではなく！

「いや！　こないだ紗月さんがさぁ！」

真唯とドタバタと騒いでいるわたしの姿を、運転中の花取さんはいったいどんな目で見ているのだろう……。急に人の目が気になって、冷静になってきた。いや、特になんとも思っていないんだろうけども……。

わたしは真唯に洗いざらいを白状する。まるで紗月さんに罪をおっかぶせるみたいな流れになってしまって、わたしはしばらく怖くてスマホが見れなかった。（でもメッセージは来てなかった。よかった、紗月さんの地獄耳も万能ではないらしい）

「ふむ、なるほどね」

話を聞いた真唯は、柔らかく微笑む。

「でもそれなら、大丈夫じゃないかな。私は、その、自分で言うのもなんだが、君には最初からずいぶんと恥ずかしいところを見られてしまっているからね……」

え？　そうかな？

「真唯はずっと、かっこいいところばっかりだったけど……」

じっと見つめると、横を向かれた。

「……そう言ってもらえるのは嬉しいけど、少し、面映ゆいな」

真唯が赤らんだ自分の頬を撫でる。

……かわいい。真唯のほうがよっぽどかわいい！

いや、なんだろ。確かに真唯はわたしに対して失敗をたくさんしたけど、でも、直前の球技大会の記憶が色濃くて、そこらへんぜんぶ上書きされている気がする……。

さらに、ここにいる真唯は、モデルでめちゃめちゃキラキラしてたり、芦ケ谷でスパダリと呼ばれたりするけど、でもあくまでもひとりの女子高生で……。わたしなんかの褒め言葉に、一喜一憂してくれるようなかわいいかわいい女の子で……。

学校に入学したばっかりの頃は、真唯にひたすら憧れていた。

あの頃から真唯のことをたくさん知ったけど、でも、好きな気持ちはあんまり変わっていないというか、むしろ増しているというか。

これも、わたしが変わっていったという話なのかもしれないけど……。

「……」

リムジンの中に沈黙が落ちる。

真唯は照れていて、わたしは急に緊張してきた。

なにか話題を、話題を！　なんでもいいからと、わたしは『話のネタ』と札が貼られた中身の見えない箱に手を突っ込む。偶然手に当たったボールを摑んで、真唯の前に突き出した。

「そういえば、これも紗月さんが言ってたんだけどさ！」

ボールには『学校に通う意味とは？』と書かれていた。なるほど、チョイスはなかなか悪くないぞ、わたし。

だが。

「……君は、紗月とずいぶん仲がいいんだね」

「え!?」

スコーンと手に持ったボールを叩き落とされる。

短期間に二度も紗月さんの名前を出した弊害がやってきた。

いや、そういうわけじゃ！　誤解です！　紗月さんはインパクトが強いから、いろいろと印象に残ることが多くて！　それだけで！

わたしはおろおろしながら、聞き返す。

「ご、ごめん……。妬いちゃった……？」

前に真唯の口から飛び出た恐ろしいフレーズ、『妬いてないもん』が脳裏に浮かぶ。あのときの真唯は、今思えばかわいかったような気がするけども……。

真唯はなにか言おうとして、一瞬、押し黙った。

それから窓の外に顔を向けて、一言。

「……ちょっと、ね」

うっ……。

自分を恥じるようなその態度は、なんというか、いじらしくて……。またもわたしの胸がキュンと鳴ってしまう。

普段スーパーかっこいいくせに、わたしにだけ、めちゃめちゃかわいい顔を見せてくれる真唯とか、そんなの、ズルじゃん！これで落ちない女がいたら、出てきてほしい！

いやいや、心拍数を急上昇させている場合じゃない。ちゃんと真唯を安心させてあげないと……。そうだ、これはわたしの努力不足なんだから……！

「だ、大丈夫だよ、真唯！ わたしは真唯のこと、その……だ、大好き、だから……！」

語気が、出来の悪い紙飛行機並みに失速してしまったけど、でも、大丈夫！ 言えた！

真唯はふんわりと、そよ風みたいに微笑む。

「うん……ありがとう。それと、ごめん」

「いや、ごめんではなくて！」

「えっ？」

それは真唯を心底から信じさせてあげられないわたしの不徳の致(いた)すところなのだ、という説明をしようと思ったけど、自分の能力不足を正当化して逆ギレするだけの未来が見えて、口をつぐむ。がんばります！

代わりに。

「ね、ねえ……真唯って、どういうときに嫉妬しちゃうの？」

甲（甘織れな子）が乙（王塚真唯）を妬かせてしまうパターンの実例を収集して、再発防止に努めようと思った。

そうだ、わたしはもっと嫉妬を学ぶんだ。まだ嫉妬道の入り口に立ったに過ぎない。真唯の嫉妬とも向かい合わなきゃ！

すると、真唯が少し首を傾ける。金色の髪が揺れる。

「どのぐらい正直に言うべきなのか、少し悩むね」

「なるべく詳細におっしゃっていただけると！」

わたしがせっつくと、真唯は「ん……」と少し言いづらそうに口を開く。

「だったら……。まあ、するかしないかで言うと……ほぼぜんぶしている、かな」

「ほぼぜんぶ」

なるほど、ね。真唯を妬かせないためには、わたしが真唯のマンションに閉じ込められて、外界との接触を一切絶たなければならなさそうだった。ムズい。

真唯が言い訳するみたいに続ける。

「こほん……。ただ、嫉妬というのは、するかしないかで測れるものじゃなくて。どの程度するかがキーとなってくる感情だと、私は思う」

「なるほど。それはわかる」

０か1かではなく、1から１００までのばらつきがある事柄だ。それは、好きという気持ちにも似ている気もした。

「紗月に関しては特に、彼女が私に負けたくないという気持ちを人一倍強くもっていることは知っているわけだから、ちょっと、複雑な感情を覚えてしまうんだ」

「す、すみません」

言外に『しかも彼女は君とキスをしたわけだから』という言葉を聞き取って、わたしは思わず頭を下げた。ただの友達、ですよ……？

「ただ逆に、紫陽花に関しては少しずつ、薄れてきたかな。君にはっきりと好意を表明してもらう前は、紫陽花のことをいちばんの脅威だと思っていたから」

「え、そうだったの⁉」

紫陽花さんと脅威というふたつの言葉が結びつかず、思わず問い返す。

「私の目から見ても、紫陽花は魅力的だったからね。もちろん、それで私たちの仲が悪くなるということはなかったが」

「そっかぁ……」

紫陽花さんはわたしに告白する前、真唯に背中を押してもらったらしい。紫陽花さんがこっそり話してくれたのだ。

それを聞いたわたしは、真唯ってめちゃめちゃイイヤツじゃん……となったのだが、同時に紫陽花さんは真唯のことを『まっすぐすぎて不器用な人』と言っていたことを思い出した。

普段どんなことも器用にこなす真唯には似つかわしくない人物評だ。けど、もしかしたら、本当にそうなのかもしれない。

真唯にはわたしの知らない大切ななにかがあって、そのために自分の生き方を曲げられない。それで自分がどんなに損することになったとしても。そのせいで、真唯はわたしと紫陽花さんが結ばれた後、ひとりでフランスに飛び立つつもりだったらしいし……。

……そんな真唯のことを、今はちゃんと愛しいと思っている。なので。

わたしは手を伸ばして、真唯の手をぎゅっと握った。真唯は「ん……」とだけ声をあげて、されるがまま。

かわいいやつだよ、あなたはほんとに。

「あ、じゃあ香穂ちゃんは？」

手を握ったまま声をあげると、真唯は首を傾げた。

「香穂？　香穂がどうかしたのかい？」

「いや、嫉妬の話の続きで！」

「香穂に……？」

真唯がきょとんとしている！　えっ、眼中にないの!?

「自分が告白されたこともあるんでしょ!?」

「そうだったかな……？」

「忘れてる!?」

「ええと、うん、香穂はかわいいよ。なんというか、すごくチャーミングだ。れな子と一緒にいる姿を見ると、心が癒(いや)される。フランスにもFéeという素敵な妖精がいてね。シンデレラにカボチャの馬車を与えたのもこの妖精のひとりだとされているんだ。ふふふ」

「真唯って香穂ちゃんのこと妖精だと思ってんの!?」

衝撃の事実が判明してしまった。香穂ちゃんは紫陽花さんからは溺愛(できあい)対象で、真唯からは妖精だと認識されている。

なるほど、妖精は人をたぶらかすもの……。納得みがあるような、ないような……!?


そのあたりで、車がうちの近くまでやってくる。

「そろそろ到着します」

会話が途切れたタイミングで、花取さんがさりげなく告げてくる。我が家までの道もすっかり覚えてくれたみたいで。なんか、すみません……。

わたしはもう一度妹に連絡を入れておく。

リムジンが我が家に横付けされたので、わたしは妹を呼びにひとりで車を降りる。

「おーい」

玄関を開け、ズンズン歩いて妹の部屋へ。

椅子に座っていた妹が、振り返ってくる。

「お姉ちゃん。なんなの急に、外に行く用意しておけ、って」

わたしひとりしかいなかったから、素で不服そうな顔を見せてくるじゃん。

「でもちゃんと着替えてるね。偉い偉い」

どことなく、おめかしもしているようにも見える。中学生のくせに背も高いし、雰囲気も落ち着いているから、普通にわたしより姉っぽく見えるかもしれない。憎い。

「そりゃ真唯先輩が迎えに来るんだったら、着替えるに決まってるでしょ！」

「じゃあいいこいこ」

Uターンして玄関に戻り、外へ。

すると、真唯が「やあ」と笑顔を向けてきた。

「久しぶりだね、遥奈くん」

「あっ、ま、真唯先輩！　お久しぶりです！」

スマホのバックライトを最大にしたみたいな笑顔になって、頭を下げる妹。ずーっとそうだけど、わたし以外の年上に対して、態度が違いすぎるよな……。

もしかしたら、こいつがわたしじゃなくて誰かの妹だったら、わたしも妹のことをかわいがれていたんだろうか。いや、でも見るからに陽キャだしな……近づけないな……。

「きょうは急に呼び出してすまないね。支度はできているかい？」

「はい、いつでも準備万端です！　真唯先輩だったら、四六時中いつ呼び出してもらっても大丈夫ですよ！」

元気いっぱいに返事して、真唯の後についていく妹。

お母さんには『友達と夕食を食べてくるから』と先に伝えていたので、そのまま再びリムジンへ戻る。

「えっ⁉　っていうか、このお車って、もしかして⁉」

ふふふ。驚く妹に、自慢の種が芽吹きそうになる。

え？　ごく普通のリムジンですけど、それがなにか珍しい？　ってね。

まあ、言わないけどね！　わたしの手柄じゃないんでね！

「どうぞ」

運転席を降りて待機していた花取さんが、妹のためにドアを開けてくださる。妹はまたしても「わあ」と声をあげていた。

おやおや？　彼女はただのお手伝いさんですけどなにか？　わたしも体を洗ってもらったことありますし？　……ってね。言わないけどね！　花取さんに睨まれたくないからね！

妹はギクシャクしながら「はっ、はい！」と車の中に入っていった。

真ん中に座る。わたしを挟んで逆側に真唯。三人並んでも、まだ車内のスペースは余裕たっぷりである。

「うわー、うわー、クッションふかふか……。すごー……」

妹がぽすぽすと座席を撫でる。ふふふ。ふふふふふ。

車がゆっくりと走り出した。しばらくはしゃいでいた妹は、それからおずおずと（わたしを飛び越えて真唯に）問いかけてくる。

「それで、あの、これってどこへ行くんですか？」

妹の様子を和やかに見守っていた真唯が、人差し指を立てて笑う。

「いいところさ」

その姿は、あまりにもキマっていた。

わたしと妹が同時につぶやく。

『かっこいい……』

ハッ。わたしたちは顔を見合わせて、それぞれ気まずくそっぽを向いた。くっ。

やばいな、ただ生きているだけで真唯がかっこよすぎる。こんなの妹だって真唯のことを好きになっちゃうよ。最終的にわたしの最大のライバルが妹になるかもしれない……？

勝てなくないか!?

リムジンはしばらく走って、とあるホテルについた。

わたしたち三人は、エントランスの前に降ろされる。

今回は赤坂ではなく、六本木であった。まあ、そのふたつの文化的な違いはわたしにはわからないんだけどね。しいて言えば場所が違う、かな。

あ、ていうか今回、わたしも真唯も制服だけど、大丈夫かな!? ワンチャン、真唯だけ通されて、わたしは入り口で待たされるという事態に……ならないかな!?

内心はかなり焦っているんだけど、でも妹の手前、わたしは取り乱さないように気をつける。これぐらいいつもやっていますけど？ という態度を貫く。

「そう緊張しなくてもいいさ」

え!? してませんけど!? と思わず胸を押さえると、わたしのやや後ろから「は、はい！」という妹の声がしてきた。

ふう、なんだ妹に言ったのか。そりゃわたしは常連だからね。違うけど。

「でも、こういうところ、初めてなので」

「大丈夫だよ。きょうはカジュアルなお店だから。気楽に話をしよう」

妹がちらりとわたしの顔を覗く。その、どこか心細そうな視線を浴びて、わたしも引きつっていない（引きつっていない！）笑みを浮かべる。

「そうそう。こないだなんてほんとびっくりしたんだから。急に真唯にドレスに着替えろって言われて、立食パーティーにお招きされちゃって」

「あれはすまなかったね」

「すっごくきれいな人たちに囲まれて、緊張しちゃったよー」（ただの事実）

あはは、うふふ、とわたしたちが笑い合う姿を、妹に見せつける。

どう？　どう!?

妹がわたしにだけ聞こえそうな声で、ぼそっと言う。

「落ち着いてる……。お姉ちゃんのくせに……！」

くせには余計だよ！　こちとら、真唯に振り回されるのだけは、もうベテランだから！

やがて、ホテルの中にあるレストランの前に到着。

そこは落ち着いた雰囲気のビュッフェバイキングだった。客層も家族連れだったり、若いカップルだったりで、普段いくよりちょっと（いや、かなり？）高級なファミリーレストラン？みたいな感じだ。

こ、これならぜんぜん耐えられそう！

妹は「ほわぁぁ」と目を輝かせている。

「す、すごい！　つまり、食べ放題のお店ですね!?」

「ふふ、そういうことだね。席に着いたら、好きなものを取ってくるといいよ」

「で、でも、めちゃめちゃお高いのでは……？」

怯える妹に、真唯がくすくす笑う。

「心配いらないよ。れな子の妹ということは、私にとっても家族のようなものだ。きょうはどうか、私に甘えておくれ」

妹の目に星が輝いた。

「お、お義姉さん……！」

「誰がだ誰が」

思わずツッコむ。妹に『よくやった！』とばかりにサムズアップされた。ほんとに調子のいいやつ！　誰に似たんだ誰に！

「こんなことなら、部活やってお腹空かせておくんだったー！」

頭を抱えてオーバーなリアクションをする妹に、真唯がまた微笑ましそうに笑う。ホテルに来てから、妹はずっと楽しそうだった。

いや、いいんだ、妹の機嫌がよくなる分には。話を聞き出せる確率があがるんだから。きっと。真唯の目論見は大成功だ。

つまり——食事で釣る、という作戦！

いや、そんな浅ましい言い方はしてなかった。『同じ釜の飯を食う』という言葉もあるように、食事を共にするのは古来からコミュニケーションの定番であり、正道。仲間として打ち解けるために必要な行為だと言っていた。

確かに真唯は、ことあるごとにわたしを食事に誘ってくれているイメージあるし。納得。

というわけで、わたしたちはテーブル席に案内された。

大人げなく経済力を振りかざして妹のガードをぶち破るつもりの真唯が、立ち上がる。

「さ、行こう、遥奈くん。作法などは気にしなくていいから、自分の好きなものを取ってくるといいよ」

「わかりました！　うわあ、あのローストビーフ、すごくおいしそう！」

真唯と妹が先を歩いていく。

その後ろについていきながらわたしは、もし真唯と結婚する日が来たら、こんな風に妹がやたら真唯にかわいがられてしまうんだろうなあ……という仮定の未来に、なぜだか釈然としない気持ちを抱く。真唯が好きなのは、わたしなのに……！

……ま、いいか！　結婚とかたぶんしないし！　わたしもローストビーフもらいにいこ！


ごはんの味は、最高だった。さすが真唯オススメの店だけのことはある。

妹は幸せそうに目を細めて、席にもたれ込んでいた。

「はぁ……。も、食べられそうにないです……」

何往復もして、そのたびにお皿を空（から）にして。細い体のどこにそれだけの食料が入るのかわからないほどに、妹はメチャメチャ食事を楽しみ尽くしたようだった。

「気に入ってもらえたようで、よかったよ」

「そうですね……。なりふり構わなかったら、10分ぐらいホテルの周りを走ってきてお腹を空かせてこようと思うんですけど……さすがに、真唯先輩と一緒なので、それは自重します」

「ふふふ」

ホテルマン的な人がしょっちゅうやってきてくれるおかげで、妹のテーブルに皿は残っていない。けど、わたしの見立てだと二人前ぐらいは余裕で食べていた気がする。

ローストビーフもシェフが焼いてくれるオムレツも、アワビのソテーも牛フィレ肉のパイ包み焼きも、ぜんぶおかわりしてたからな……。

わたしたちは人心地ついて、食後のコーヒーやお紅茶を振る舞われていた。デザートをもう一品取ってくるかどうかは、お腹と相談中だ。

だがそこで、真唯が「さてと」と話題を変える。

「不登校を続けているんだって？」

「うっ。えー、まー、そうなんですよ！」

妹は頭に手を当てて、からっと笑う。

「ただおいしいごはんをごちそうしてもらうだけの日かと思ってましたけど、さすがにそんなムシのいいことはなかったですよね。あはは……」

「きょうはね。もちろんキミが望むなら、これから美味しい食事をご馳走するだけの日を設けることも、やぶさかではないとも」

「ほんとですか!?」

　一瞬、目を輝かせる妹だったが、わたしを見て慌てて首を横に振る。

「いやいや、でもさすがにお姉ちゃんに悪いので！　あたしばっかり真唯先輩と遊んじゃうのは。だから、二回に一回ぐらいでお願いします！」

「それは多くない？」

　姉の声はスルーされた。いや、二回に一回ついてきたりしないよね？　しないよね？

「それで、どうして学校を休んでいるんだい？」

「えーと。そもそも、なぜ学校に行かなければならないのか、という話になりまして」

　したり顔でろくろを回そうとする妹。

　真唯は穏やかに微笑む。

「人によって理由は様々だろうね。無理をして行く必要はないと私も思うよ。しかし、心配してくれている家族や、君の姉にも言えない理由を詭弁でごまかしているだけなら、それは誠実な態度とは言い難いんじゃないかな。お節介を焼かれて然るべきと思うよ」

「えーとー……」

　妹の目が泳ぐ。

「でも、勉強なら家でも！」

「結構なことだね。しかし、それこそ学校でもできることじゃないか。学校に通うことで得られる様々なメリットのうちのひとつを、ただ補填しているに過ぎない。よくやっているね、とは褒められないな」

「むむ……」

すごい。食事をおごってもらった手前、というのもあるんだろうけど。真唯はあっという間に妹を追い詰めていた。

感情面で暴走することが（わたしには）目立つから（わたしは）誤解しがちだけど、基本的に真唯は理性の人間なのだ。人はこうあるべき、こう行動するのが美しい、という理想像があって、その筋道を支えているのはすべて真唯の優れた倫理観である。

その上で、碁盤の目みたいに整った論理を踏み潰す大怪獣マイドンがときどき現れるから、わたしや紗月さんも手に負えないことになるんだけど……！

さらにだ。真唯のキャラも強い。ただそこにいるだけで偉人のようなオーラを発するから、『ま、まああんたほどの実力者がそういうのなら……』という気分にさせられてしまう。これにわたしもさんざん辛酸をなめさせられたのだ。

人間と付き合うことすら想像できなかったわたしが、最終的に女の子と付き合う決断を下したのも、すべて真唯に染められたから……！

真唯にはムリしなくていいからね、と言ったけれど。でもこれはもしかすると、もしかするかもしれない。ようやく、妹の不登校の謎が……。

そんな妹は、どうするのかと思えば。

しばらく頭を抱えた後で、逃れられない運命を悟ったのか。

「はあ、真唯先輩はムリかもなーって思ったんだよね……」

やれやれとため息をついた後で、わたしに向いた。

「ごめん、お姉ちゃん。真唯先輩とふたりにしてもらってもいいかな」

「……へ？」

「お願い」

戸惑うわたしに、妹が両手を合わせる。

いいけど、なんで？

頭の上にハテナマークが浮かぶ。家族には話しづらいこと？　それとも、真唯にだから話せること……？

「だそうだけれど、どうしようか？」

真唯に話を振られて、ようやくわたしは首肯する。

「あ、うん、わかった。じゃあちょっとトイレにでも」

「ああ、れな子」

そこで真唯が指さす。

「あっちのトイレが混んでいたら、そっちにもトイレがあるからね」

「あ、うん」

よくわからないままうなずいて、わたしは席を立つ。

少し歩いてから、振り返る。まだふたりは話をしていない。完全にわたしが見えなくなるまで、待つつもりのようだ。

……なんだろう。

なんだか心がもにょっとする。寂しいのか、なんなのか。

自分がどんな気持ちを持て余しているのか、わたしにもわからないままだった。

特にどちらのトイレも混んでなさそうだったけど、わたしはなにも考えずに真唯に案内されたほうのトイレに向かう。

その途中の廊下で、気づいた。

「……それで……だから……」

妹の声だ。

観葉植物や仕切りで気づかなかった。ここはちょうどわたしたちのテーブルの真裏だ。耳をすませば、かすかにふたりの話し声が聞こえてくる。

あ……だから、それを見越して、真唯はこのホテルを選んだ……？

そこまで考えてくれていた真唯の配慮と怜悧(れいり)さに、驚く。

「……ふむ……ということは……」

ぽつんと立ち止まる。

聞くも聞かないも、わたし次第……ってこと？

妹の声は真剣みを帯びていて、滅多（めった）に聞いたことがないトーンだ。

これはまんま盗み聞きで、本当はよくないことだろう。

……だけど、本当に、わたしが心から妹のことを心配しているのなら、手段を選ぶべきではない、と思う。

事情を聞くだけ聞けば、それを隠したままでも、妹にできることはいろいろあるだろう。

刻一刻と失われてゆく、妹の大切な中学二年生の時間を思えば……。

だったら、わたしは……。

そっと胸に手を当てる。

……妹のために、わたしは。

メッセージで『終わったよ』と呼び出される。時間はせいぜい10分程度だっただろう。

わたしが戻ってくると、ふたりの表情にはあんまり変化はなかった。取り繕っているのだけはわかるけど、なにをどう取り繕っているのかはわからない顔だった。

「お姉ちゃん、おかえり」

「うん」

「ごめんね、時間を取らせて」

「ううん」

わたしは冷めてしまったハーブティーに口をつける。喉（のど）を湿らせても、それですするする言葉が出てくることはなかった。

「えっと……話は、終わった？」

「とりあえずはね」

「……そっか」

真唯とも視線を合わせず、わたしはうつむく。ご飯を食べた後の満腹の胃みたいに、もどかしさがまた胸に詰まっている気がする。

妹はなんでもない顔で笑ってみせた。

「お腹いっぱい。もう、帰ろっか」

帰りもリムジンで、おうちにまで送り届けてもらった。

「きょうは本当にごちそうさまでした！　ありがとうございました！」

勢いよく頭を下げて、妹が家の中に入ってゆく。

「それじゃあ、れな子もおやすみ――」

優しい声で見送ってくれようとした真唯に、わたしはつぶやく。

「ごめん、真唯」

「……ん」

「せっかくいろいろと手を回してもらったのに……結局、ふたりの話、聞けなかった」

ぎゅっと拳を胸の前で固めて、抱きしめる。

「ごめん」

「……別に、私に謝ることじゃないだろう。君がそう決めたのなら」

リムジンを背に立つ真唯。夜空の下、その綺麗な金髪はキラキラと輝いている。まるで、自ら光を発しているかのようだった。

あくまでも真唯は優しく、そう言ってくれるけど。

わたしは、首を横に振る。

「違うの。わたし、めちゃくちゃなんだ。妹のためになるなら盗み聞きでもしたほうがよかったのに。でも、それすらできなくて……」

最近のわたしは本当にめんどくさい。

真唯はすごいから、真唯になら自分の悩みを話してもいいって思えるのはわかる。

わたしは姉としても力不足で、だから妹に腹を割って話してもらえない。

そんなのわかっていたはずなのに。

「たぶん、わたしには……聞く資格がなかったから」

「……れな子」

真唯がぽんとわたしの頭に手を当てる。

「人にはそれぞれ、できることとできないことがある」

わたしの胸に刺さる。

だからできなくても仕方ないんだよ、という慰め(なぐさ)は、わたしの胸の穴を広げるだけだった。

だけど、違った。

「私にできることがあり、他の子ができることがあるように。君にも君にしかできないことがあるだろう」

「……わたしに?」

顔をあげる。

「ああ。いつも優しく私の手を取ってくれたように。れな子ならできることも、私にはできなかった」

真唯が微笑む。

「遥奈くんの説得に失敗した紫陽花や紗月は、ダメな子だと思うかい?」

「そんなことは!」

それだけは声を大にして言える。

にない。

紫陽花さんや紗月さんにできないことがあっても、それでふたりを見損なうことはぜったいにない。

あのふたりならできること。あのふたりにしかできないことを、わたしはいっぱい知っているから。ふたりがどんなにすごい人なのか、わかっているから。

「同じことだよ。確かに私は遥奈くんに秘密を打ち明けてもらった。残念ながら、そのすべてをここでつまびらかにして、君の不安を取り去ることはできないが……」

「い、いいよそんなの！　あとで真唯が怒られちゃう」

「だけど、ひとつだけ言えることがあるなら」

真唯はわたしの髪を撫でる手を、頰に添えてきた。

「遥奈くんは、確かに君に感謝しているよ」

「……わたしに？　なんで」

「ふふ」

真唯は悪戯っぽく笑って。

「いつだって自覚がないのが、君の悪いところと言えば、悪いところかもしれないな」

「……」

その笑顔の意味はよくわからなかったけど……。

わたしだからこそできることがある。

なぜだか、その言葉はすっとわたしの胸に入り込んできた。

真唯はいつだって、わたしに必要な言葉をくれる。

自分を信じることができないわたしの背中を、押してくれる。

……ありがとう、真唯。

「でも……でも、いつか」

宣言と呼ぶには、あまりにも儚すぎる声音だけど。

「わたしは、できないことだって、できるようになりたいから。がんばるからね」

「ああ」

秋風に吹かれそうなわたしの声をしっかりと捕まえてくれた真唯は、そのままわたしをぎゅっと抱きしめた。

「信じているよ、君を」

「うん」

「おやすみ、れな子。家族のことを、大切に」

そう言い残して、真唯を乗せたリムジンは走り去っていく。

……わたしはそのテールランプをしばらく、眺めていた。

ぎゅっと拳を握る。

胸の中のもやもやは、ほんの少しだけ晴れていた。

真唯の優しさが、吹き飛ばしてくれたんだ。

そうと決めたら、善は急げ。

この胸に灯った小さな勇気の火が、今にも消えそうだから！　ダッシュ！

床板を踏み鳴らすように歩いて、妹の部屋に向かう。ノックもせず、バーンとドアを開け放った。「うわは⁉」と驚く妹は、着替えの真っ最中だった。

「え、なに⁉　お姉ちゃん」

わたしはドアを開けた姿勢のまま、かけるべき言葉をなにも考えていなかったことに気づく。なんてこった。

勇気を出そうと思ったのに、どう出すかぜんぜん決めてなかった！

チッチチッと時限爆弾の導火線が燃え進んでいくような気まずさを味わう。

えーと、えーと！

「なに……なんなの？」

下着姿でわたしをねめつける妹。

まずい。このままじゃ、用もないのに中学二年生の妹の着替え現場に乱入した変質者になってしまう……！　信頼もなにもあったもんじゃない！

自分の行動を棚に上げて、両手を広げる。

「ほ、ほら！　そんな格好してたら風邪ひいちゃうよ！　もうこんな時間だし、早くお風呂に入っちゃいなさい！」

「いや、今からそうしようと思ってんだけど……」

「そうだよね！　だから、なんだ、その、ほら！」

直後、焦ったわたしの口から、とんでもない言葉が飛び出てきた。

「入ろうぜ！　お風呂！　一緒に！」


ぱちんとホックを外し、わたしはブラを脱ぐ。

どうしてこんなことに……？

「さすがに狭いんじゃないかなあ」

「……そ、そうだよね」

脱衣所には、わたしの他に、スポーツブラをつけた妹がいた。

ふたり入った脱衣所は、どう考えても手狭だ。朝の洗顔諸々だって、場所を奪い合いながらなんとかやっているのに。

そもそも、なぜ断らなかったのか、妹！

わたしが誘うと、妹は『えー？』と気味悪い冗談を聞いたような声をあげながらも、平然と『いいよ』と言いやがったのだった。

陽キャの考えていることは、ほんとにわけがわからない。

いや、あるいはあれかな。こいつ体育会系だから、シャワーの共用とか、そういうのに慣れているのか？　あり得る。

ってことは、部活終わりに、後輩ちゃんとか先輩と一緒にシャワー浴びてるの……？　裸を見たり、見せたりしてるの……!?　ハレンチな女じゃん！

「お姉ちゃん？」

「えっ!?　あ、はい！　今脱ぎますってば！」

「なにキレてんの……？　シャンプー切れてるから、詰め替え用の取ってよ」

「あ、はい。ただちに……」

背伸びして、戸棚から詰め替え用のパッケージを取る。やばい。女としての経験値の差で、萎縮してしまっている。ええい、わたしは二歳も年上なんだぞ！

ショーツを脱ぎ去る。妹の前で恥ずかしがったって仕方ない！

これがわたしにしかできないこと!?　ぜったい違うよね！　だってわたし、女の子と一緒にお風呂に入ったことなんて、か、数えるくらいしかないし！

明確に選択肢を間違ったことに気づきながら、ぜんぜんバッドエンドになってくれないアドベンチャーゲームを読み進めるような気持ちで、わたしは背を丸めながら浴室にお邪魔する。

「し、失礼しまーす……」

浴室のドアを開くと、シャワーを浴びてる妹の背中が映った。つるつるのぴかぴか。部活動で引き締まったおしりはくいっと持ち上がっていて、見事なスタイル……。

どこも身がきゅっとしてて、動物園で見た仔鹿みたいだ。（同じＤＮＡを受け継いだ姉妹なのに）余分な肉がなくて（わたしと違って）華奢なことこの上ない。

「あんた、あんなに食べてるのに、なんで太らないの……？」

「え？　そりゃ運動しているからだけど」

妹が振り返ってくる。するとシャワーを浴びてた妹が目を丸くした。

「うわ、お姉ちゃんおっぱいでか」

「いやいや、普段から見てるでしょーが！」

「生だと、やっぱ迫力があるね」

「わたしの胸は最前列で見るセイウチのショーかなにかか？」

妹がシャンプーを詰め替えている間に、わたしもざっと体を洗った。

さて、問題はここからだ。

決して広くはない我が家の浴槽に、身を浸す。

このバスタブに、どうやってふたりで一緒に入るのかと思えば、妹はちっとも躊躇せず飛び込んできた。わぷ。

「ちょ、ちょっと勢いよすぎ」

ばしゃあとお湯があふれて、流れてゆく。

「あはは」

髪をアップにまとめた妹が、屈託なく笑う。

「お姉ちゃん、脚がじゃまだなー」

「あんたこそでしょ。ムダにこんなでっかくなって……」

「それおっぱいでマウント取ろうとしてる？」

「違うし！」

わたしたちはなんとか位置を調整し、それぞれ浴槽に背を預けて正面から向かい合う体勢に落ち着いた。

がつがつと脚が当たるけど、妹のものだから、気まずいとかは特にない。せいぜい、今だけ身長130センチになってくれないかな、と思うぐらいだ。

あとはなんとなく髪を洗って出ていくだけだが、しかしわたしは妹と一緒にお風呂に入るためにやってきただけではないので……。どう話を切り出そうかというのは、別種の緊張感がある。

こういうときは、まずは世間話から始めて……。

「あ、絆創膏(ばんそうこう)、取れたんだ」

「ああ、うん。だね」

妹の手は、綺麗になっていた。手のひらの裏表を見せられる。なんか、わたしより手がおっきくないか、こいつ。スポーツやっているからかな。

「お姉ちゃんって、いくつぐらいから胸大きくなったの？」

「えー覚えてないなあ。中学二年ぐらいには、もうそこそこあったような」

「へー」

わたしは目を細める。

「え、なに？　遥奈ちゃん羨ましい？　羨ましいのか？　お姉ちゃんの胸が。ンン？」

「いやまったく。微塵も」

「裏切るじゃん！」

「逆に、あたしもおっきくなったら部活で邪魔そうだなーって思って」

くっそう、胸の脂肪がぜんぶ筋肉に行きやがってよお……。

「ほんと、お互いおっきくなったよね」

からかうように笑う妹に、それはまあ、確かに、とうなずく。

「前に遥奈と一緒にお風呂に入ったのって、いつだっけ。小学生ぐらい？」

「覚えてないの？　やらかしたときじゃん」

「えー？」

妹に記憶力の欠如を指摘され、わたしは首をひねる。ぜんぜん覚えてない。

いや、しかしこのままだとわたしのほうが頭が悪いということになってしまう……！

一生懸命、妹を見つめていると、不意に頭をよぎる思い出があった。

「あ、ああー……？　ええと、ほら、牛乳をぶちまけた？」

「そう！　お姉ちゃんが牛乳パックの端をハサミで切ろうとしたら、パックのほうを握ってたせいで、中身が飛び出たやつ」

「姉妹もろともミルクまみれになって、風呂に押し込められたんだったな……」

小学生高学年ぐらいだった。

わたしが妹のことも道連れにしてしまった。あの頃から、失敗続きの姉と、ちゃっかり者の妹という運命は定められていたのかもしれない……。

「いやあ、ご迷惑をおかけしました」

「いえいえ。かけられ慣れてますし」

「こんにゃろう」

憎まれ口を叩き合う。そんな今の妹に、あの頃のちっちゃい妹がダブって見える。

といってもこいつは、昔からよくできた妹だったから、わたしが迷惑ばっかりかけてきたわけなんだけど……。

よそ様のご家庭は知らないけれど、たぶんわたしたちは、それなりに仲のいい姉妹なんだと思う。

いや、どうだろう。ただ単に妹がやたらデキた人間というだけなのかも……。わたしがおかしくなってこんな風にお風呂に誘っても、なんだかんだ来てくれたりするし……。

わたしは不登校になってた間、さんざん無視したり、妹のこと邪見にしてたのに、ちゃんとマトモに接してくれるし……。

今のわたしたちがあるのは、一から十までぜんぶ、妹のおかげな気がしてきた。

姉らしいことなんてなんにもしてあげられなかった姉だけど……。

それでも……いや、だからこそ、立場上は姉のわたしが、今はがんばらないと！

「遥奈さ！」

「えっ？　な、なに？」

突然、大声を出して、わたしは前のめりになる。

妹との距離が縮む。

その瞳にわたしが映っているのが見える。

わたしはお湯の中で、妹の手を摑んだ。

「い、いじめられてたり、してないよね!?」

「…………へ？」

それはきっと、クインテットのみんなに協力をお願いするよりも先に、わたしが言わなきゃいけないことだったんだ。

「学校で、嫌なことがあって、それで休んでいるんだったら……！　わ、わたしだって、遥奈の力になりたいから！」

——どうしてわたしが不登校になったのか。

それを妹に喋ったことは、一度もなかった。

ただ学校に行きたくなかったから、行かなかった。わたしは、そう言い張った。お父さんにもお母さんにも、妹にも。

そもそもわたしはいじめられたわけじゃなくて、ただハブにされただけだったし。そう正直に話すのは、『え？　その程度のことで？』って言われたくなかったから。

自分の弱さが情けなくて、みじめで、嫌だったから。

人に『しょうもな』って、バカにされたくなかったから。

だから、もし今、遥奈が辛い目に遭っているのなら……。

「誰にも話せないいって思っててもさ。わたしは、わたしだけは、ちゃんと遥奈の話聞くから。笑わないいし、『そんなことで？』って、ぜったい言わないから。だから……」

気持ちだけが先行したわたしの言葉が、お風呂場に響く。

しばらく、遥奈の丸くなった瞳が、わたしの上気した顔を映し出していて、それで。

大きくなった風船が弾けるみたいに、ぷっ、と妹が噴き出した。

「なにそれ、お姉ちゃん」

え!?

「な、な、な、なにって……！」

そのままの意味だが!?

二の句が継げなくなる。

妹はけらけらと笑っていた。

「ないってば、そんなの。ないない、ないよ」

「で、でも………！」

妹は「は～、うけたうけた」と息をついた。

う、うけてる……。

「だいたい、あたしが、いじめられたからって学校休むやつに見える？」

「わかんないけど！」

「いじめで休むとしたら、思いっきりやり返して、その暴力事件で謹慎処分だね」

「そんなの自慢げに言うんじゃない……」

わたしはじっとりと妹を上目遣いに見つめる。

「……大丈夫、なの？」

「うん？」

うつむきながら、妹の一挙一動を観察するように。

なにかサインを発しているんだったら、ぜったいにそれを見逃さないように。

「ほんとのほんとに……いじめとかそういうのないって、安心して、いいの？」

「ん」

妹がわたしの手を握り返してくる。

「それだけは、きょう食べたローストビーフに誓って、大丈夫」

その態度は間違いなく、いつもの妹だった。

「……そっか」

なんとなくそのまま口元まで沈んで、遥奈を見つめる。

本気で隠されたら、きっとそれも、わたしは見抜けないんだろうけどさ。

普段、わたしのことをおちょくったり、バカにしたり、マウント取ってくる妹だけど。でも、こういうときには嘘をついたりしないって、信じていたいから。

「てかお姉ちゃん。もしあたしがいじめられてたら、それこそどうするつもりだったの」

「え!? そしたら決まってるよ！ ブン殴りに行ってやるっての！」

わたしはざばぁと浴槽から勢いよく立ち上がった。

一も二もなく、拳を握って宣言する。

「かわいい妹になにしてくれてんだー、って！ キッチンから包丁持ってってやる！ いや、友達のお母さんからスタンガン借りてくる！」

「ばかじゃないの」

冗談を笑い飛ばすように、遥奈が目を細めた。

「調子に乗って『かわいい妹』とか言っちゃって。できもしないくせに。人を撃つゲームばっかりやってるからだよ？　そういう、いざというときに過激なこと言っちゃうの」

「うぐ」

返す刀が切れ味鋭くない……!?

ちょっとぐらい威勢のいいこと言ったって、いいじゃないか……。

「つ、つまり、それぐらいのきもちってことで！」

「はいはい、ありがとありがと」

遥奈はにっこりと笑う。

「なんたって、かわいくてかわいくて仕方ない生き物だし？」

「……へ？」

「いや、お姉ちゃんが言ったんじゃん。どんな悲しみからも守ってあげたい～、とか」

それは。

え？　そういえば言った……？　言ったっけ……!?

思い出した。思わず「うわあ！」と声が漏れる。

「いや、あれは違って！」

「お姉ちゃんってああいうとき、ほんとキモいよね～。なんのマンガに影響されたか知らないけどさ～」

「誤解で！」

あれは妹に言ったわけじゃないんだよ！　妹だけど、妹じゃなくて！　紫陽花さんに言ったのであって！

だめだ。説明できるはずがない。紫陽花さんが以前にわたしのことを『お姉ちゃん』と呼んで、わたしが紫陽花さんを5歳児扱いしてかわいがったなんて。それこそドン引きされる。

「誤解ぃ～？」

ニヤニヤと聞き返してくる妹に、わたしはぷるぷると唇を震わせる。

「ご、誤解じゃないです……。大事な大事な妹です……」

く、屈辱……。なぜわたしがこんな目に……。

しかしわたしと紫陽花さんの名誉を守るために、ときには耐えることも必要……。

「まあ、しょうがないよね。あたしにも、それだけのことをしてあげたって自覚はあるし。美容院もそうだし、服もそうだし、話し方とか、姿勢とかさ。こないだは球技大会も手伝ってあげたよね～？」

「はい……遥奈さんのおかげで、今のわたしがあります……」

妹がぼそりと言う。

「シスコン」

「ぐむ………」

　まるでわたしだけが強烈な電気風呂に入れられてるみたいだ。全身がピリピリする……！

「あれはぜんぶ口がすべったの！　忘れて！」

「えー、お姉ちゃんをからかう絶好のネタなのに」

「またアイス買ってあげるから！」

「ラッキ～」

　妹はわざわざ両手でピースサインを作って、わたしを煽ってくる。

「ああもう、せっかく心配してやったのに！」

「誰も頼んでないしー？」

「心配するでしょそんなの！　妹が突然、学校に行かないとか言い出したらさ！　お姉ちゃんだったら誰だって！」

　水を叩くように両手を動かす。

　妹は迷惑そうに顔をしかめつつも、ふっと笑った。

「いいんだよ。自分のことだけ気にしてなよ。お姉ちゃんはせっかく高校デビューして、いいお友達がたくさんできたんだから。他にがんばることいくらでもあるでしょ」

「それは、そうだけど！」

「ほんとに大切にしなよ、今のお友達。お姉ちゃんにはもったいないぐらい、素敵な人ばっかりなんだから」

「……それは、まあ、はい」

人生の師である遥奈先輩の言葉に、うなずくしかできないわたし。なにが姉だ？

妹はもう話はおしまいとばかりに浴槽を出た。シャワーのレバーをひねる。

「お姉ちゃんじゃ、あんな人たち、きっとあと人生を百回繰り返しても友達になれないんだからさー」

「それはさすがに言いすぎだろぉ！」

自分の姉のポテンシャルを正しく見極めすぎている妹に、怒鳴る。

お風呂場に、妹の「あはははは」という声が大きく響いた。

それは、学校を休んで以来、お母さんが久しぶりに聞く妹の笑い声だった……とかなんとか。

代わりにあなたの娘のひとりが、心に大きな傷を負っているんですけどね！

紗月：あなた。
紗月：どういうつもり?
耀子：えー?　なにがですかー?
耀子：急にそんな文面、圧あってこわいですぅー。
紗月：(無視しつつ)しばらく様子見をするって話はどうなったの。
耀子：いやいや、そんなに怒らないでくださいよ。軽く話をしてみただけじゃないですか。
耀子：四股(よんまた)されたとはいえ、付き合ってる女。やっぱりあれですか。
耀子：他の女が近づくのは、気分がよくないってやつですか?
紗月：そういうわけじゃないわ。余計なことをしないでってだけ。
耀子：勝手にすればいいって言ったくせにー。
紗月：私の足を引っ張らなければ、よ。わざわざ言わなければ、わからない?
耀子：あーはいはい。私の目的はあくまでも成功報酬ですし。

耀子：きっちりお金をいただけるのでしたら、文句はありませんよ、もちろん。
紗月：わかればいいわ。
耀子：あ、でもあとひとつだけ。試してみたいことがあるんですけど。
紗月：は？
耀子：こわいなー、あはは、大したことじゃありませんよー。
耀子：ただ、私はもともと甘織(あまおり)れな子の身辺調査を担当していた、とだけ言っておきます。
紗月：改めて言うけれど。
紗月：この件に関して、あなたはあくまでも部外者。それを忘れないように。
耀子：はーい。
耀子：あ、でもれな子クンって、なんだかこう、不思議な魅力がありますよねー。
耀子：放っておけないっていうか、思わず構っちゃいたくなるっていうかー。
耀子：いやあ、そう思わされるところが、あの人の『魔性(ましょう)』ってやつなんですかねえ。
耀子：もしこの一件が片付いたら、傷心した彼女を慰(なぐさ)めてあげるのも、悪くないかな、って。
耀子：アフターケアってやつですかねー。
耀子：琴(こと)さん、どう思います？
耀子：ん？　あれ？　寝ました？
耀子：琴さーん？

第三章　妹の助けになるのは、やっぱりムリ！

『お、お願いします！　遥奈先輩！』

わたしは必死に頭を下げる。

目の前には、腕組みをした当時中学一年生の遥奈さんがいらっしゃった。

『高校デビュー、ねえ……』

『はい！』

遥奈は渋面であった。

『別にいいけどさあ……。お姉ちゃん、ほんとにやるの？』

『えっ、それは、あの、ど、どういう……？』

ボサボサに伸びた長い前髪の間から、おどおどと顔色を窺うと、妹は口をへの字に結ぶ。

『あたしもさ、部活始めたばっかりで時間ないわけだし、ただで手伝ってあげるんだからさ。
途中で、やーめた、って投げ出されたら、めちゃめちゃ萎えるんだけど』

『あ、あうあう』

『で、どうなの？　どれぐらい本気なの？』

口をぱくぱくと開閉する。妹の言葉に自信をもって答えることのできない情けなさに、冷や汗が流れ落ちる。

なのだけど、他に友達もいなくて、頼れる人のいないわたしにとって、もはや妹に見放されたらそこでおしまいだったから。

『や、やります！　すっごくがんばります！』

目の前が真っ暗になるほど、妹の目を見つめる。痛々しいまでに必死なわたしは、いったい妹にはどう思われていたのだろうか。

『……はぁ……』

妹は大きくため息をついて、こちらに指を突きつけてきた。

『まずは、美容院』

『あ、え？』

『その鬱陶しい髪を、どうにかしてくること！　視界が開けたら、また改めて次のステップ！　言っとくけど、やるんだったら徹底的にやるからね！　途中で泣き言を言ったら、あたしはもう二度とお姉ちゃんに関わらないから！　いいね!?』

わたしはその場に直立して、深々と頭を下げた。

『ありがとうございます！　遥奈先輩！』

その日以来、わたしは遥奈に人生を救われ続けている。

だけど……わたしは妹に、なにをしてあげられるんだろう。

＊＊＊

「二ヶ月だから」

「え？」

ふたりでお風呂に入った日から数日経って。

わたしは妹の部屋で、一緒にゲームをしていた。

「こないだからさ……。しょっちゅう声をかけてきてさ。正直いって、ウザい」

「は!?」

バンジージャンプ中にヒモを切られたような顔で、わたしは妹を見返す。

「う、ウザいって、さすがに他に言い方あるでしょ！　そんな、わたしは遥奈がひとりじゃ退屈だろうなって思って……」

「いや、誰も頼んでないし。帰ってきたと思ったら、すぐあたしの部屋にきて、きょうはなんのゲームやる？　なにで遊ぶ？　って……。なんかすごいカノジョ面してくるじゃん」

「なに言ってんの!?」

不登校の妹を構ってあげることがカノジョ面って、どういう認知のゆがみだよ！

「じゃあ、すごいお姉ちゃん面」

「お姉ちゃんですし!?」

「これがエスカレートしていったら、そのうち枕を持ってきて『一緒に寝てあげる』とか言ってきそう……」

「さすがにそこまでやんないよ！」

「ほんとかなあ」

クッションの上にあぐらをかいた妹は、口を尖らせる。

「お姉ちゃん、やることなすこと極端なんだよなあ……。チャラい男の人にナンパされて、これが真実の愛だと目覚めて同棲始めた挙げ句、そのままポイ捨てされそう……」

「どういうイメージだよ……」

「お母さんも言ってたよ」

「言うなよ！　娘をなんだと思ってるんだ！」

叫ぶ。甘織家での自分の立場を思えば、暴れたいぐらいだった。やんないけどね。わたしはお姉ちゃんなので。やることなすこと極端じゃない真人間なので。

「……で、なにが二ヶ月なの？」

「ああ、だから不登校の期間」

さらっと言われた内容に、わたしは思わず聞き返す。

「え？　は？」

物分かりの悪い人間を相手にするように、妹は繰り返す。

「だからぁ、二ヶ月経ったら学校に行くって言ってるの」

まるでドラマの先週の回を見逃してしまったみたいに、唐突な発言だ。

「そ、そうなの？　え？　待って、不登校ってこれからずっと続くとかじゃなくて、期間が決まってるの？　なにかきっかけでもあった？　てか二ヶ月ってなんで？」

「多い多い。質問は一個ずつにしてくださーい」

わたしはしばらく停止してから、絞り出す。

「な……なんで急に？」

混乱するわたしから出てきた最初の質問は、それだった。

妹は当然のような顔で。

「お姉ちゃんがウザいから。なんかずーーっと付きまとわれそうだし」

「そ、そっか……。わたし、ウザくてよかった……」

「いやぜんぜんよくないし」

胸に手を当ててしんみりとつぶやくわたしは、ハッと気づいて。

「じゃあもっとウザくなれば、家に居づらくなった妹は、明日にでも学校に行く……？」

「ホームセンターで鍵買ってきて、部屋につけるよ」

「でもご飯とかトイレとかお風呂とかの時間には部屋から出てくるでしょ」

「いや、お姉ちゃんの部屋に」

「わたしを閉じ込めるのかよ！」

事件だよ！　監禁事件！

「え、じゃあなんで二ヶ月……？」

「それはノーコメント」

「なんで期間を決めてるの？」

「ノーコメント」

「ぜんぜん答えてくれない……」

「質問は一個ずつにしてくれって言っただけで、答えるとは言ってませんので」

確かに……ルールに厳格だ……。

いや、納得してる場合じゃないんだけど。

「そーゆーわけだから」

妹は人差し指を立てて、びしっと言ってきた。

「あんまり、『わたしがなんとかしてやるんだー！』とか意気込んで、お姉ちゃん面してこないでよ。ウザいから！」

鼻先に突き付けられた指を見返しながら、わたしはコクコクとうなずいた。

「わ、わかりました」

「よろしい。じゃああたしは勉強するんで、お部屋にお帰りください」

「は、はい」

部屋から追い出される。

バタンと閉まったドアを眺めながら、わたしは。

「……………なんか、これでいいのかなあ……？」

急に目的が達成されてしまったことに、拍子抜けしながらも。

まだどこか、釈然としない気持ちを抱えていたのだった。

＊＊＊

とりあえず、妹が二ヶ月後に復学する予定だというのは、クインテットのグループチャットに流しておいた。

するとなんと、みんなそれぞれ妹から連絡が先に来ていたらしく。

『たぶんそのうちお姉ちゃんから聞くと思いますけど、二ヶ月経ったら学校行く予定なので、あんまり心配しなくても大丈夫ですので！』

という メッセージを全員がもらっていたという。（妹と連絡先を交換していない香穂ちゃんを除く）

真唯にも個別で確認したところ、ふたりの秘密の話し合いでも『二ヶ月経ったら学校に行くつもり』と言っていたとか。つまり、時間稼ぎのための方便というわけでもなさそうだ。

……なので、いよいよわたしのやることはなくなってしまった。

本当に、そうなんだろうか。

結局、なんで妹が不登校を決めたのかは、わからないままだ。

わたしはミステリー小説の登場人物Aの立場を与えられて、事件の全貌を知らないまま解放されたような気分だった。

もちろん、これはわたしにとってまだ、ただの始まりでしかなかったと、後に知ることになるのだが――。

＊＊＊

うーん、うーん。

学校帰り、やっぱりわたしは思い悩んでいた。

とりあえず今のところ、妹にわたしがしてあげられることはなさそうだし……。だからといって、妹が今やっているゲームの攻略法を真剣に教えてあげたところで、それはあいつのためになるのだろうか……。

貸してあげたソフトは、けっこう地道にやってるみたいだけど。でもこのまま妹がＦＰＳにハマってわたし並みに遊ぶ未来は、想像しづらいというか……。妹の中では、完全に暇つぶしとしか思ってなさそうだし……。

二ヶ月、ただ待つだけというのはもどかしい。

好意的に解釈すれば、わたしはわたしにできることをがんばって、妹から『二ヶ月後に行く！』という言葉を引き出した、頼りになるスーパーお姉ちゃんという見方もできなくもない……のだけど。（実際、紫陽花さんには似たような言葉を言ってもらった）

でもなあ。別にわたし、なんにもやってないからなあ……。

まだなにかできることないだろうか……。直接、妹に聞いてみる？　けどそしたら『いいから勉強でもしたら？』って言われそう。まあ、もうすぐテストも近いしな……。

しかし……うーん……。

定期を改札にかざし、ホームを出る。

そんな風に、気もそぞろで歩いていると。

駅構内。立っている柱に寄りかかって、ぐったりと座り込んでいる女の子がいた。

「えっ!?」

慌(あわ)てて駆け寄る。

見覚えがある光景だった。

しかも銀髪だし！　もうあの子しかいないじゃん！

「ちょ、ちょっと!?　リュシーちゃん!?」

「あ……う……あ……」

「どうしたの!?　ねえ、病気!?」

かすかな声に耳を澄ませる。わたしも含めて、周りからめちゃめちゃ注目されているような気がするけど、そんなこと言っている場合じゃない！

リュシーちゃんは、息も絶え絶えに言った。

「……お、おなかへりました……」

「…………………」

わたしはバッグの中から、買うだけ買って一個余ってしまった菓子パンを取り出す。リュシーちゃんの口元に運ぶと、彼女は鉛筆削りみたいにパクパクとパンをかじっていく。

そして、３分後。

「ありがとうございます、れなこさま。すっかりとよくなりました」

「よくなるか！」

見違えるほどにきらめく美少女が、そこには立っていた。さっきまでしおれていたのに、どんな魔法だよ！

「ていうかなんだよ！　現代日本で女子高生が行き倒れって！　事件かと思ったよ！」

「リュシーも、こんなに都合よく、れなこさまが通りがかってくれるとは思いませんでした……運命、かもしれませんね……」

「ちょっ、そんな美貌を近づけながら言わないでほしい……！」

「あるいはここ最近、毎日ずっとこの時間に駅にいたから、かもしれませんね」

「じゃあそれだよ！　え、なに!?　ずっとわたしのこと探してたの!?」

「はい」

リュシーちゃんは『そうですけどなにか？』とばかりにうなずいた。

「なぜ……？」

笑みを浮かべるリュシーちゃん。その瞬間、駅構内に花が咲き誇ったような幻覚を見た。ウッ、美少女――。

「一緒にゲームがやりたくて」

ごそごそと、抱えていたトートバッグの中から、リュシーちゃんはなんと携帯ゲーム機を取り出してきた。それも二台。

えっ……えっ!?

「ゲームです」

「それ、家から持ってきたの……？」

「はい。充電も、ばっちりです」

どこか誇らしそうに胸を張るリュシーちゃんに、わたしはめちゃめちゃ戸惑う。

駅でわたしを待ち構えていて、その理由が『一緒にゲームをしたい』だなんて、変わっていすぎる子だ。今さらかもだけど！

まあ……日本に来たばかりで友達がいない上に、わたしとしたゲームの話がすごく面白かったんだと思えば……嬉しい、のかな？

立場を逆にして考えれば、外国に来たわたしも似たような行動するかもだし……。ただ気味悪がられたくないという体裁を取り繕うために、ごまかしたりするだけで……。

リュシーちゃんはぼんやりとした顔で、わたしの様子を窺っている。

無機質な瞳は、命令を待ちわびているアンドロイドみたいだった。

「う、うん、わかった。ここじゃなんだから、公園とかいこっか？」

「はい、れなこさま」

リュシーちゃんは、バッグを持つのとは反対の手で、わたしの手を握ってきた。

「うれしいです」

「……そ、そお？」

「きょうは、前より長く一緒にいられそうで、とても」

表情は薄いけど、すごくストレートな好意をぶつけられて、思わずわたしの口元が緩む。

えっ、なに。この子、めちゃくちゃわたしのこと好きなんじゃん……。異国の地で友達が私だけとか、溺れる者が摑んだ藁みたいなわたしじゃん……。

なんか小学生時代、妹の友達（その頃から友達が多かった）に、ガキ大将みたいに威張ってた記憶が蘇る。

同年代には相手してもらえなかったからね。

封印していたはずの黒歴史だ。

ひょっとして……わたしは今、妹には満足にできなかった姉ムーブをリュシーちゃんにかますことで、彼女を妹の代用品として己の小さな承認欲求を満たすための道具にしているのではないか……？

闇のれな子がどこかの物陰から覗き込んできて、笑っているような気がして、わたしはムリヤリ笑顔を作った。

「じゃ、じゃあ！　ここで！」

帰り道に通るいつもの公園に入って、ふたりベンチに並んで座る。

「なんのゲームをしますか!?」

「これです、これを」

リュシーちゃんが起動して見せてきたのは、最近はやりのハンティングアクションゲーム。

協力プレイがウリで、老若男女が楽しめるとされている。

もちろんわたしは、やったことがない。

基本ひとりプレイで、協力プレイもできますよ、と言われているゲームならまだしも、最初から協力プレイとか宣伝されると、身がすくんでしまうのだ。

なぜか？　それは……。

中学校時代のわたしが画面を見ながら侮蔑の表情を浮かべる。

『ひとりでも楽しめるって言われているゲームってさ、どうせ、ひとりでも（みんなで遊ぶ楽しさの2％ぐらいはｗお情けでｗ）楽しめるって意味でしょ？　ゲーム業界までぼっちの人権を取り上げようとするの、まじでやめてほしいよねｗ』

うるさい黙れ！　偏見に凝り固まった亡霊め！

世の中はいろんなゲームがあるから楽しいんだよ！　みんなで遊ぶパーティーゲームがあってもいいだろ！

「よし！　やろうか！　わたしこのゲーム初めてだから楽しみだなー！」

「はい」

妄執を振り切るようにボタンを押す。適当に作られていたアカウントを借りて、わたしもゲームを起動した。

「にしてもこのゲーム、たまたまふたつ持っていた……ってわけじゃ、ないよね？」

「新しく買ってきてもらいました」

「そ、そうなんだ……。お金の使い方が豪快だね……。わたしの近くにもいるよ、そういうやつ。一回遊ぶために何万円も出しちゃうようなお金持ち」

「だいじょうぶです。カードで支払っているので」

にっこり笑うリュシーちゃん。いやいや！

「それ結局は自分の口座からお金が引き下ろされるやつだよね!?」

「えっ……？　どうして？」

「振りかざせばすべてがもらえる魔法のチケットだとでも思ってたの!?」

リュシーちゃんはゲームから目を離し、空を見上げた。

ぽわぽわと柔らかそうな白い雲が、秋空を流れてゆく。

「よく考えるとリュシーは、お金というものの仕組みが、あんまりよくわかっていないのかもしれません」

「そうなんだ……」

そういうことも……あるのか？　でも社会人って言ってたよね、リュシーちゃん。どうやって生きているんだろう……。

「でも、ゲームの中では、試合をするたびにお金がもらえますよね」

「う、うん、そうだね。やればやるたびに増えていくよね」

「それはいくらでも複製可能なデジタルデータとは違い、現実で同様のことが起きると市場に貨幣があふれ、生活必需品の値段が天井知らずに高騰してゆき、いずれは国民の生活が破綻する。そういうことですか？」

「待って、理解の速度がえぐい」

リュシーちゃんは口元に手を当てて、「なるほど、だからお金の価値というのは、それそのものではなく、人間が定めた共通幻想として……」とブツブツつぶやいている。

もうわたしが聞いてもなに言っているかわからないレベルだ。この子ひょっとして、知識がないだけで、めちゃくちゃ頭がいいんじゃ……。

「わかりました。どうやらリュシーの提供する価値が、特殊で希少だから、今までいっぱいお金をもらえていたみたいです」

「なるほどね。市場競争の原則的な原理的な国家のアレコレね」

わたしは知っている単語を並べた。立ち上がって自分の体を大きく見せて威嚇するレッサーパンダのようだと思った。

「そ、それよりゲームしよっ!?　ほら、わたしキャラ作ったよ！」

慌てて話を変える。どんな子とも、ゲームの話ならできるから……。

「リュシーもできました」

ちらと見せてくるリュシーちゃん。彼女の作ったキャラは銀髪で長身。名前もそのままリュシー（と読むのだろう。そもそも言語をアルファベット語に設定していた）だ。

キャラクリできるゲームには、自分を投影するタイプみたい。いいと思う。

どちらかというと、わたしもそのタイプだ。昔はいろいろと自分の好きなキャラを作って遊んでたんだけど、最近はその世界に降り立った理想の自分を想像して楽しんでいる。

そのときどきで容姿は違うんだけどね。長い金髪だったり、黒髪ロングだったり、あるいは柔らかなウェーブの明るい髪だったり…………。理想の自分、ね……。

「じゃあ早速、一緒にクエストいこいこ」

「よろしくおねがいいたします」

ぺこりと丁寧（ていねい）に頭を下げてくるリュシーちゃん。

わたしたちはこうして、学校帰りの公園で、冒険の地に旅立った。


「面白いじゃん……。このゲーム……」

わたしは感動していた。協力プレイ推奨（すいしょう）ゲームって初めてやるけど、人と一緒に遊ぶと、こんなに楽しいんだ……。

「はい。いままでの人生にやったゲームで、いちばんたのしいです」

「えー？　それはいいすぎだよぅー（喜）」

リュシーちゃんの純真な笑みも相（あい）まって、心の闇が浄化されてゆく。

中学時代の哀れな子は、こうして完全に成仏したのだ。

『でもさ、協力プレイがいくら楽しくても、友達がずーっと付き合ってくれるわけじゃないんだよ。次からひとりで遊ぶたびに、あのときは楽しかったな……って一生満たされない渇きを抱えてゲームすることになるんだね。こんな喜び知らなければよかったのにｗかわいそうｗ』

コイツ、まだいやがった……！　減らず口を……っ！

わたしはマジでムカついた。なにがムカついたって、的を射ていそうな意見なのが……！　だとしてもわたしは光に向かって手を伸ばすって決めたんだよ!!!

「どうしたんですか、れなこさま。急につっぷして。おなかいたいですか？」

「なんでもない……なんでもないんだけど、ゲーム会社が一緒にプレイする友達をセットで販売してくれないのは、メーカー側の怠慢だと思わない？」

「？？？」

リュシーちゃんはなにを言われているのかわからないという顔をした。純真なリュシーちゃんをただ困らせただけだった。ごめん！

そんなときだった。

「あ」

わたしが（震える指で操作していたら）ミスをして、でっかいモンスターに撥ね飛ばされた。

体力ゲージがゼロになって、死亡画面が表示される。

「ご、ごめん、やっちゃった」

キャンプに戻されたわたしが、ちらりとリュシーちゃんを見やると。

ぽろっと。

その目から、涙がこぼれていた。

「えっ!?」

めちゃくちゃ驚いた。水滴が落ちて、リュシーちゃんのゲーム画面がにじむ。

リュシーちゃんはいつもの無表情をどこか悲痛にゆがめていて、わたしを倒したモンスターを一生懸命にらみつけながら、悔しそうにうめく。

「ごめんなさい。れなこさまを、たすけてあげられなくて」

「いや、いやいやいやいや！　今のはわたしのミスだけど!?」

「れなこさまが、死んでしまいました………」

「生きてる！　ここで元気に生きてる！」

ばんばんと胸を叩く。

リュシーちゃんはしばらく、ぐすと涙ぐんでいて、それはモンスターを倒すまで続いた。

「や、やったね！　倒したね！　いぇーい！」

「…………はい」

ふぅ、とリュシーちゃんも大きく息をつく。

「それでは、次のクエストにいきましょうか」

「え!? あ、うん! 立ち直り早いな!?」

なんだろうか、この子。キャラクターに自分を投影しているというか……キャラクターが自分そのものというか……? そういう印象を受ける。

「ちなみになんだけど……。リュシーちゃんって、FPSとかやってても、泣いたりする?」

「? 泣くって、だれがですか?」

「いや、泣いてたよね?」

首を傾げるリュシーちゃん。いやいや、自覚ないってことある!?

「味方がやられたら、かなしいきもちにはなります」

「ええっ……? そ、そう?」

「はい。ですから、もしやられそうな方がいたら、全力でお守りしています」

「へ、へえー……でもそれ、危ないところに飛び込むってことだから、自分もろともやられちゃったりしない?」

「よくあります」

……………。わたしは押し黙った。

いや、そのプレイスタイルって、普通ではない、よね……?

わたしは他にゲーム友達がいないから自信ないけど! でも、チームプレイの味方なんて、使えるコマか、使えないコマとしか思わないよね？　わたしが特別冷たいだけじゃないよね!?

わたしは心の紗月さんに尋ねてみた。ですよね!?

紗月さんは『そういうところだけ私に同意を求めるなんて、あなたって本当に卑怯者ね』と罵ってきた。今わたしがほしいのは賛成の声であって、人格批判ではないんですけど!?

ていうかリュシーちゃん、そんなプレイスタイルでプラチナランクってことは、わたしよりずっとゲームがうまいんじゃ……。

そういえばさっきから、モンスターと戦っても、リュシーちゃんだけほとんど被弾していなかった気がする。そんな……。

……なんか、きょう一日でリュシーちゃんのいろんな面を知ったけど……。知れば知るほどに不思議な子だ。

目が合う。長いまつげを揺らし、リュシーちゃんが控えめに微笑んだ。

「たのしいです」

うっ……。ドキッとする。

リュシーちゃんを妹の代用品にしているってことは１００億パーセントないけど、でも、こんな素直で優しくてかわいい子が妹だったら、毎日楽しいだろうな……。

「れなこさまみたいな方が」

「え？」

聞き返す。するとゲーム画面に視線を落としながら、リュシーちゃんが小さくつぶやいた。

「れなこさまみたいな方が、いつも一緒に遊んでくれる家族だったら……きっと、とても幸せなんだろうな、と……思いました」

「……、そ、そうかな？」

口ごもる。するとリュシーちゃんは「はい」と、わずかに頬を染めながらうなずいた。

でも、わたしは……。妹になにもしてあげられない、ダメな姉ですけどね……。

「ちなみにそれって、どういうところが、とか、聞いちゃったりしても、いい？」

たどたどしく問いかけると、リュシーちゃんは顔をあげる。わたしをその大きな瞳で見つめて、柔らかく唇を開く。

「れなこさまは、リュシーを助けてくれました。すごく、やさしいです」

「……優しい」

そう言われてわたしは、引きつらないように努力して笑顔を作る。

「あ、ありがと」

でも、優しいなんて当たり前だ。だってわたしはできないことばっかりだから、せめて人に優しくしなければ、誰にも相手をしてもらえない。

これは悲観じゃなくて、客観的な事実だ。わたしの周りの人は優しいし、その上、プラスアルファがやばいほどある。スポーツができたり、明るく人を励ますことができたり、勉強がものすごくできたり……。

「…………ん、勉強……？」

わたしは口に出してから、思わず立ち上がった。

「あっ！　勉強！」

「え？」

「ごめん、そうだ！　わたしテストが近いんだった！　リュシーちゃん、今何時かな!?　うわ、外暗っ！　いつの間に!?」

ひとりドタバタして、それから、それからええと！

「あ、そうだ！　ねえねえ、きょうこそ連絡先を交換しようよ！　そうしたら、あんなランダムエンカウントみたいな待ち合わせしなくて済むし！　ええと、スマホは……」

そう言って、お行儀よく足を揃えてベンチに座っているリュシーちゃんを上から下まで眺める。ゲーム機を入れたトートバッグ以外は、手ぶらのリュシーちゃんを。

「……スマホは？」

「持ってはいます」

「そうか！」

わたしはリュックからノートを取り出し、切れ端を破ってそこに自分のラインアドレスを記入する。あとショートメールの可能性も考えて、電話番号も。

「はい、わたしの連絡先！　あとで登録してくれればいいから！」

「ありがとうございます」

受け取ったリュシーちゃんは一応頭を下げてくれたけど、ちゃんと帰ってから登録できるかは、怪(あや)しいところだった。

「せっかく持っているんだから、文明の利器は使おうね……。ＦＰＳだって、最後までパンチで戦ったりしないよね。拾った武器は使うよね？」

「確かに、そのとおりです」

「うん、それじゃあわたしはこのあたりで！　あ、ゲームもありがとうね、また遊ぼうね！」

「はい、かならず」

立ち上がったわたしに正面から、リュシーちゃんが。

抱きついてきた。

「ちょっ」

この子は、ちょっと警戒心がなさすぎでは!?　こんなの、周りのみんな勘違いしちゃうよ!?　わたしはしないけどね！　こういう子は、誰にでも抱きついたりするんだからきっと！　わたしだけじゃないいんだよ！

美少女の匂いがする！

「また、あそびましょう。れなこさま」

「う、うん、また……」

夜の公園に佇んで、小さく手を振るリュシーちゃんの姿は、まるでおとぎ話のお姫様みたいにかわいらしくて。

こんな子がわたしのことを褒めてくれたのなら、まだちょっとはがんばれることもあるのかな……と、なんとなく思えるような気がした。

いや、ひとまずはテスト勉強だけど！

ねえ紗月さん！　今週の土日空いてますか!?

＊＊＊

「いやあさすが紗月さん！　もつべきものは**大親友**！　っていうか前々から思っていたんですけど、紗月さんってメチャメチャ優しいですよね！　クインテットの中でもいちばん優しいっていうか、紫陽花さん……いや紫陽花さんよりはさすがにムリとしても、真唯ぐらい……でも、真唯も優しいな……。じゃあ香穂ちゃん！　ううん、香穂ちゃんも優しいし……その、クインテットってみんな優しいですよね！　ドンマイ紗月さん！　人は成長できます！」

「……なんで私は、こんなやつに…………」

「え？　なんですか？」

「なんでもないわ」

目の前で紗月さんが、なにかとてつもない後悔を噛み潰すような声で、なんでもないと言い放ってきた。コワー……。

きょうは土曜日で、ここは紗月さんのおうちだ。

定期試験の勉強を教えてくれと泣きついたら、紗月さんがすごく面倒そうに対応をしてきたので、『でも紗月さんって、どんな状況にいようが、その人が勉強したいと本心から願っているのなら、協力を拒む理由はひとつもないんですよね!?』と縋りついた。

結果、バイトが休みの土曜日ならと、ＯＫを頂戴したのだった。ヒュー！　紗月さんは心から苦々しそうだった。

部屋着姿の紗月さんは、髪を大きな三つ編みにまとめている。長い髪が肩から垂れ下がっていて、ススキのように揺れていた。そうしていると、どこか家庭的で柔らかな雰囲気をまとうので、学校でもこの髪型にしててほしい。女性って髪型ひとつでぜんぜん印象変わるよね。

いいえ、もちろん下ろした髪型も美人なので、どちらも捨てがたいのですが……。

ともあれ。

「本日は勉強を見ていただけるということなので、こちらはつまらないものですが……」

「なに？　ワイロ？」

「じゃあワイロです！」

わたしはちゃんと自分のお小遣いで買った、駅前にある洋菓子屋さんのバームクーヘンを差し出す。紗月さんは渋々という顔でそれを受け取ってくれた。

受け取ってくれたということは、取引は成立ということだ。やったぜ。

紗月さんは、ちゃぶ台に頬杖をついて、ダルそうにわたしを見やる。

「にしても、今回はずいぶんと必死ね。自分でがんばるんじゃなかったの？」

「いやー……それなんですけどぉ」

部屋に通されたわたしは、教科書を詰め込んで膨らんだ重いリュックを下ろして、薄笑いを浮かべながら揉み手する。

「夏休み前のテスト、あったじゃないですか。あれ、けっこう良い点を取ったからって、特別にお小遣いをもらったんですよね……」

「へえ」

「なので、今回も点数が良かったら、またお小遣いがもらえるかもしれなくて……。今、あると正直助かるんですよね……。こないだリアルで服買っちゃったし……。新しい武器スキンとか、ほしいキャラがいて……へへへ」

「…………なんで私は…………」

紗月さんのお顔が、不機嫌から、ものすごく不機嫌になった。

しまった正直すぎた！

「あっ、で、でもそれだけじゃなくて！　勉強ってほら！　したほうがいいと思うんですよね！　だって、なんでしたっけ！　ほら、あの！　将来のためとかに役に立ちそうじゃないですか！　今、流行ってますよね！　令和のトレンドは勉強！」

まるでその叫びがトドメになってしまったかのごとく。顔を片手で覆っていた紗月さんが、うめいた。

「……いいわ。あなたがそういう人間だというのは、最初からわかっていたのよ。己の欲望に正直で、だからこそ自分の好きな顔のいい女という女に手を出しては、不義理を働く。そういう風にしか、あなたは生きられないのよね」

「どういうことですか!?」

「可哀想に。あなたは生きていく中で、大切な光を悪魔に奪われてしまったのだわ。その、誠実、善良、清廉、勤勉、節制、道徳、高潔という、人を人たらしめるのに必要な七つの輝きは、二度とあなたの手には戻らない。それでも、無様を晒しながら生きていくしかないの」

「今もこの胸にちゃんとぜんぶ宿ってますよぉ！」

べしべしと自分の胸を叩く。これまでに聞いたことのないレベルの罵倒だった。

紗月さんはわたしの抗議を半ば無視して、教科書を開く。

「ふざけるのはいいとして、さっさと進めましょう。テストはもう来週なんだから、科目は絞っていくわよ」

「あ、はい……。よろしくお願いします……」

釈然としなさすぎたが、今の立場はわたしが圧倒的に下。紗月さんのご機嫌を損ねるわけにはいかないので、粛々とうなずいた。

だがそこで、わたしはショックなものを見た。

「紗月さん、こ、これ！　中学校の教科書が置いてあるじゃないですか!?」

「そうだけれど」

わたしがわなわな震えていると、紗月さんは困惑して眉をひそめた。

「一応、妹さんに教える立場として、復習もしておこうと思って引っ張り出しておいたのだけれど……なに？」

「いいえ！」

わたしはブンブンと首を横に振った。

「くっそう、妹め……。紗月さんに勉強を教わっているだけじゃなくて、紗月さんのプライベートの時間まで奪っているなんて……！　なんて厚かましい女だ……！」

「大丈夫よ。厚かましさでは圧倒的にあなたに軍配が上がるわ」

「わたしはいいんですー！　だってわたしは紗月さんの大親友ですしー！　妹なんてただわたしの妹ってだけで恩恵に与ってるコバンザメじゃん！　自分の人生をかけてＦＰＳで勝負してこいよオラア！」

「勉強しないんだったら、帰ってくれる?」

「すみませんさせていただきます!」

深々と頭を下げる。

はぁ、と深いため息をついた紗月さんは、改めて高校一年生の数学の教科書を開いた。

「じゃあ、私も隣で勉強しているから。わからないところがあったら、言って頂戴」

「はい! お世話になりまーす!」

そうして、わたしの頭の中でこんがらがっていた紐(ひも)を、解きほぐしてくれたのだった。


「はぁぁぁ……」

わたしは床に大の字になって、ひっくり返った。

あ、頭使った……。

「お疲れ様。さすがにがんばったわね」

紗月さんに命じられるまま、問題を解き続けて、解法を教えられて……。三時間ほどだろうか。休みなく続けていたので、さすがにそろそろ息切れだ。

「え、ええ、まあ……。せめてがんばるぐらいはしないと、紗月さんの家に押しかけた厚かましいだけの女になってしまいますからね……」

「まあ、どんなにがんばっても厚かましいことに変わりはないけれど。がんばらない厚かましい女よりは、がんばる厚かましい女の方がマシね。……マシかしら」

「マシということにしていただけると、明日からもまたがんばれるかな、と……」

「ちょうどいいわね。少し、休憩にしましょう」

わたしの懇願はガン無視で、紗月さんもその場で伸びをした。

長い腕を伸ばして上体を反らすストレッチって、なんかこう、美人がすると、見方によってはちょっと色気を感じる人もこの世にはいるかもしれないよね。わたしではないですが。

それから紗月さんは、早速わたしが買ってきたバームクーヘンを切って出してくれた。飲み物は持参したペットボトルがあるので、丁重にお断りする。紗月さんは自分の分のインスタントコーヒーを淹れてきた。絵になる。

「どうぞ。糖分を補給しなさい」

「あ、ありがとうございます。ん、おいしい」

「ええ、おいしいわね」

起き上がってもぐもぐしてると、紗月さんも素直に褒めてくれた。

わたしの買ってきたお土産を、褒めてもらえた……。謎のきもちよさがこみあげてくる。人にお土産買っていくの、楽しいかも……。

「はあ。なんか、頭を使わないことがしたいですね」

「じゃあ、そうね……」

口元に手を当てた紗月さんは。

「ねえねえ、甘織って、血液型は何型？」

明るい声を出してきた。明るい声を!?

そのどこか人懐っこい喋り方に、わたしは思わず絶句する。

「え!?」

「ねえねえ、何型？　ねえ、何型？」

追撃がやってきた。なにか恐ろしいことが始まってる……？

「わ、わたしはO型ですけど」

「へー、そうなのね」

「紗月さんは」

「えー？　何型だと思う？」

「A型とか……」

「大正解ー」

「わーい………って紗月さんが普段ぜったいやらない会話だこれ！」

叫ぶと、紗月さんは軽薄な声を改めて、いつもの紗月さんに戻る。

「なによ。あなたのリクエストでしょ」

「急なフリに応えるのめちゃくちゃ頭使いませんか!?」

紗月さんはこれぐらいなんともないわという顔で、髪を耳にかけた。今の時間、ほんとなんだったんだ。そして、この人コミュニケーション能力ありすぎるだろう……。

「その気になれば、どんな人とも話を合わせられそうですね、紗月さん……」

紗月さんはまじまじとわたしを見つめながら「どんな人でも……。そうね」とうなずいた。

その視線は、いったいどういう意味なんでしょうかね……!?

「あっ」

そこでわたしは、珍しいものを見つけた。正確に言えば、紗月さんの家に置いてあるのは珍しいものだ。

「それ、一世代前の携帯ゲーム機じゃないですか。どうして紗月さんの家に？」

そういえば前にお母さんがＦＰＳやっているとか言っていたから、もしかして紗月母はゲーマーなのかな？　と思ったんだけど。

紗月さんは、一瞬押し黙ってから、答えた。

「香穂が、貸してくれたの」

「え!?」

びっくりする。香穂ちゃんがゲーム機持っているのは、ぜんぜん違和感ないけど、でもなんで香穂ちゃんが紗月さんに？

「こういうのも、やってみたら？　って」

「へー……。ちょっと見てもいいですか?」

「…………どうぞ?」

なんだろう、今の間。いや、でも許可していただいたということは、いきなりローキックされたり、文庫の角で殴られることはないはずだ。

携帯ゲーム機を取って、紗月さんの隣に戻ってくる。

画面を起動してみると、そこに映ったのは、またもや意外な……。

「ええー!?　恋愛シミュレーション!?」

しかも、男性向けのやつだ。つまり、女の子と恋愛するゲーム……!

「確かに、ゲームは普通にめちゃくちゃ面白くて古参ファンも多い名作ですけど、なぜそれを紗月さんがオススメされて……?」

紗月さんは肘を抱きながら素知らぬ顔で。

「というか、今の口ぶりだと、あなたもやったことがあるみたいな言い方だったけど」

「はあ。ええまあ、普通にありますけど。中学のときに」

「そう……女の子と恋愛するゲームを、ね」

目を逸らす紗月さんは、どこかわたしに気を遣っているような雰囲気を漂わせていた。

ちょ。

「待ってください!　ちがくて!　わたしは誰が好きというわけではなく!　ただゲームをゲ

ームとして楽しんでいるので、この恋愛ゲームに関してはゲーム性が好きというだけで！　だからそういうんじゃなくて！」

「別にいいのよ。今さら取り繕わなくても」

「違うんですよ!!」

何度も何度も何度も何度も何度もわたしは言ってきたじゃないですか！　もとから女の子が好きだったわけじゃないって！　誰かひとりぐらい信じてくださいよ！

「紗月さんだって、香穂ちゃんからこういうゲーム借りたくせに！　紗月さんこそ女の子が好きなんじゃないんですか!?」

「そうかもしれないわね」

「…………え!?」

うまくやり返したつもりだったのに、普通に肯定されて、わたしはめちゃめちゃうろたえる。

紗月さんが好きなのは、女の子……!?

「もともと、物心ついたときから父親がいなかったこともあって、男性にあまり縁がなくて。そのせいもあるのかしら。母にも色々と、言い含められていたし」

「……それは？」

紗月さんは授業中、先生に当てられたときのように、なんてことない顔で言った。

「ちゃんと警戒しなさいって。私は小さい頃から美人だったから」

「ああ……それは、わかります」

物心ついたときからお父さんがいないっていうのは、今初めて聞いたけど……なんだか、腑に落ちた。

紗月ママがスタンガンを持っていたのも、防犯意識が高かったことも、母ひとり子ひとりで育ってきたことと無関係ではないだろう。

紗月さんは昔から、特に強く言い聞かせられていたに違いない。

「まあ、あなたのおかげで、女に襲われることもあるんだってわかったけれど」

「そういうこともありましたね！」

真唯のことはさておき、紗月さんは頰に手を当てて。

「思い返せば昔から、私に優しくしてくれた人は、女性が多かった気もするわ。母の職場の同僚の方も、なにかと気にかけてくださったし」

「いやーでもそうですよね。基本、女の子のほうが喋りやすいし、優しいし、かわいくて、きれいで、いい匂いして、柔らかくて、最高ですよね。わかります」

謎の間が空いた。

え!?　いや、わたしは女子が好きというわけじゃないんですけどね!?

「……。そこまでは言っていないのだけれど、まあ、そうね。結局は育ってきた環境、出会ってきた人次第じゃないかしら」

「そうですよねえ」

「もっとも」

そこで紗月さんはしたり顔で告げてきた。

「私は恋愛的な意味で人を好きになることはないから、すべて机上の空論だけれど」

ここまで話してひっくり返します!?

「いいですよほら！　じゃあ、ちょっとゲームプレイしてみてくださいよ！　わたしが見てますから！」

「別にいいけれど。まだやったことないのよね」

ゲームを起動する紗月さんの横にやってきて、一緒に画面を覗き込む。

うっ……。距離が近いな、これ……！

いや、いやいや、別になんとも思いませんけどね。だってわたしは特に女の子が好きなわけではないんですから………ってそんな言い訳が成り立つわけないだろ甘織れな子！　この人はめちゃくちゃ美人な元カノなんだぞ！

「あ、紗月さん！　恋愛シミュレーションでは、ちゃんと主人公に自分の名前をつけるのが習わしですよ！」

「そうなの？」

「ええ、もちろん！　没入感をどれだけ高めるかが、楽しむためのポイントなんです！」

「ふうん。二人称小説のようなものかしら」

それがなにかはわからなかったけど、わたしは「そうです！」と言っておいた。

こうして、琴紗月が爆誕した……のだが。

共学に入学した平凡な男子高校生の琴紗月が、これから三年間でかわいいカノジョを作るぞー、と息巻いたところで、紗月さんがうめいた。

「うわ、なにこれ」

「え？　なにがですか」

「【勉強】も【運動】も【容姿】も、ほとんどのパラメーターが0なんだけど。こいつ、高校一年生までなにをしていたの？　息を吸って吐いていただけ？」

「いや、それはそういうゲームなので……。これからちょっとずつパラメーターをあげていったら、最終的に期末テストで一位だって取れますよ」

「今のままだと？」

「【勉強0】なので、普通に下から数えた方が早い、赤点まみれの男かと……」

紗月さんがリセットして、タイトル画面に戻った。

「あっ、なにを!?」

「こんな無能に感情移入できるわけがないでしょう。やり直しよ」

「ああっ!?　だからってなんで『甘織れな子』って名前を付けるんですか!?　ひどい！」

「これでよし」

「まったくよくない！」

画面の中では、高校一年生の甘織れな子が、なにも考えてなさそうな笑顔で、かわいいカノジョを作るぞー、って腕を振り上げている。なにがカノジョだよバカ！　まず勉強しろ！

「さ、甘織。この世界にあなたのことを好きになってくれるような人がいるといいわね」

「いるんですよ！　恋愛シミュレーションゲームだから！」

とりあえず、ゲームの説明をする。

まずパラメーターをあげること。一定値まであがると、女の子と知り合うことができるので、そこからはデートを重ねて好感度を稼ぐこと。それを繰り返して、最終的に三年目になって告白されることが目的だ。

「ある程度仲良くなったら、自分から告白したらいいんじゃないの。どうして告白されるのを待っているだけなの？」

「いや……そういうゲームなので」

「そう、なるほどね。女の子と付き合いたいけれど、自分から行動を起こすのは怖くてできないヘタレなのね。甘織れな子は」

「甘織れな子って言わないでくれます!?」

ゲームを進めると早速、幼馴染み（おさななじ）の女の子が現れた。カチューシャをつけた長い髪の子だ。

「で、でたー、『道野てびき』さん！」

「なに？」

「いえ……この子、てびきさんは、すべてのパラメーターがMAX近くないと攻略することができないっていう、難攻不落の女の子なんですよ……。別名、このゲームのラスボスです。たぶんスクールカーストも上位なので、わたしは普通に苦手っていうか……」

「でも、幼馴染みなんでしょう？」

帰り道、てびきさんに声をかける場面がやってきた。甘織れな子が『一緒に帰らない？』と誘うと、てびきさんは一刀両断に断ってきた。紗月さんが眉をひそめる。

「幼馴染みなんじゃなかったの？」

「そうなんですけど……。能力が高くないと、歯牙にもかけてくれないんですよ。シンプルに性格が悪い……」

「なるほど。幼馴染みだからという理由だけで、バカとつるむ気はないってわけね。親近感を覚えるわ、てびき」

「そっち派だった!?」

帰りを断られても、甘織れな子はへらへら笑いながら『気分じゃなかったのかな？　よし、また次も誘ってみるぞ』とか言っていた。お前が無能だからだよ、甘織れな子……！　コイツが憎い。

それから何人か女の子が出てきたけど、紗月さんは目もくれず、淡々と【勉強】のステータスだけをあげ続けてゆく。

休みもなく勉強だけを連打していたため、六月には【ストレス】が【体力】を上回り、大きく体調を崩してしまった。あまりにも甘織れな子……！

「これは？」

「適度に【休養】を選んで、コンディションを整えないといけないんですよ」

「どうして勉強しながら休憩しないの？　勉強すると決めたら休みもなく延々と勉強だけをしているってこと？　それは、愚かすぎないかしら」

「わたしもそう思いますねえ！」

全面的に同意した。体調管理すらできないこの甘織れな子というキャラクターが、だんだん本気で許せなくなってきた。あんなに素敵な友達がたくさんいるのに、なんで屋上に逃げ出すんだお前は……。いや、それは本物の甘織れな子の方だった。

「しかも【休養】を選んだら、今度は一日中寝ているのだけれど……。別に、毎日帰ってから6時間勉強しろとは誰も言っていないのよ。1時間でも、毎日やることが大事なのに」

「それがムリなんです、甘織れな子にはできないんです。こいつはやると決めたらひとつのことしかできなくて、そのせいでいっつも周りに迷惑をかけているやつなんです」

「そう……」

だが、がんばった成果か、夏休み前のテストでは、なんとか学年で30番以内に入ることができた。わたしは胸がじんわりと熱くなった。

「甘織れな子……！」

「ま、最低限こんなところかしらね。がんばったじゃない」

「へへへ……」

「あなたも次のテストでは、30番以内ぐらいに入れるといいわね」

「!?」

ま、負けた……？　わたしがこの、未だ【運動】も【容姿】もゼロの甘織れな子に……？

わたしは敗北者……？　取り消せよ……！　ハァ……今の言葉……！

「いいわ。ご褒美に、少しぐらいは遊んでも。そうね、誰がいいかしら」

「あ、女の子に関しては、ちゃんと紗月さんの好みで選んでくださいね。それが恋愛ゲームの醍醐味なので！」

「好みと言われても」

これまでに出会った女の子の連絡先リストを、ぼーっと眺める紗月さん。しばらく悩んでから、紗月さんが電話をかけたのは、生徒会に所属する優しそうな女の子だった。

「おお……ちなみに、どうしてこの子を？」

「てびきにするか悩んだのだけれど」

「なるほど。紗月さんって自分がめちゃめちゃ有能だからって、ストレートに能力の高い人が好きですよね」

「私がてびきなら、勉強以外は能のない男に誘われたところで、時間の無駄だからってぜったいに断るだろうから」

「ひどい」

「あとは、どの女も日常会話ができなさそうなレベルでどうかと思った中で、唯一まともそうだったのがこの女だったからね」

「ひどい」

琴紗月のゲーム実況配信は、ものすごくコメント欄が炎上しそうであった。

そんなことを言い合いながら、紗月さんは夏休みの間、何度かその子とデートを繰り返した。

最初はぶつくさと文句を言いながらプレイしていた紗月さんだけど、徐々にその子との会話を楽しんでいるようなそぶりを見せるようになってきて……。

おや……？

「紗月さんって、そういう穏やかな子が好きだったんですね。なんだか、意外ですね」

「別に、そういうわけじゃないけれど」

わたしは気づいた。

「いや意外でもなんでもないよ！　この子、紫陽花さんに似てるじゃん！　どうりで！」

紗月さんは、紫陽花さんに甘々だ。もしわたしがおにぎりに塩と間違えて砂糖を入れたものを作ってきたら、紗月さんは一口食べてから地面に投げ捨てて何度も踏み潰すだろうけど、同じことを紫陽花さんがやったら笑顔で食べて『おいしいわ』って言うと思う。

それぐらい紫陽花さんのことを大好きな紗月さんだから、紫陽花さんに似ている女の子を選ぶのは自明の理だった。

「違うわ。ぜんぜん似ていないわ」

「いや、でも！　話し方とか、なんか雰囲気とか！」

「あなた、瀬名の特徴をそんなもので捉えているの？　瀬名がいちばん瀬名らしい部分は、あの、恥ずかしげもなく人に手を差し伸べることができる人間性でしょ。顔がよければだれでも構わないあなたと一緒にしないで頂戴」

「だからその人間性がゲーム始めたばっかりでまだわかんないから似てるっぽい女の子を選んだんですよねえ!?」

「まったく……。的外れなことばかり言う女だわ。ねえ、瀬名、次は水族館に行きましょう」

「言った！　瀬名って言った今！」

横でぎゃあぎゃあ騒いでいたら、「うるさい」と睨まれてしまった。ひどい……。わたしは本当のことを言っただけなのに……！

夏休み明けまで遊んでひとしきり満足したのか、紗月さんはデータをセーブして、携帯ゲーム機を置いた。

「さ、休憩は終わり。今度は現実の甘織れな子の【勉強】を伸ばすわよ」

「ちゃんと【体力】と【ストレス】には気を配ってくださいねっ」

「うざ」

かわいこぶった表情で上目遣い(うわめづか)にお願いすると、毒を吐かれた。そんな。ひょっとしてわたしの【容姿】パラメーター、現実でもゼロ……？


ちなみに余談なのだけど、この日以降、ちょこちょこと紗月さんからメッセージが届くようになった。それはなにかっていうと、どこどこまでゲームが進んだよっていう、楽しげな進捗(しんちょく)報告メッセージだったんだけど。

その書き方が『甘織れな子が期末テストでようやく一位を取ったわ』とか『甘織れな子が体育祭でダントツでビリになったわ。もっと運動をしなさい』とか『甘織れな子が複数の女の子の間で、よくない噂を流されているみたいよ。そういうとこ』とかで。

いやぜんぶその通りなんだけど！　でもぜったいこれわたしをドキッとさせて楽しんでますよね、紗月さん！　お茶目なんだからもう！　ちくしょう！

まあ、それはいいとして……。勉強の合間、わたしは紗月さんの向かいの席に戻って、なんにも考えずに問いかける。

「でも、なんで急に恋愛ゲームなんて」

「え？」

「いや、紗月さんってそういうのぜったい興味ないかと思ってました。恋愛なんてくだらない、みたいなこと言ってましたし」

「それは」

紗月さんの瞳が、わずかに揺れる。いつも堂々として自信満々な紗月さんらしくない反応だった。なんだろう。

「真唯が」

「真唯が？」

オウム返しに聞き返すと、紗月さんは目をつむって、淡々と。

「……あのバカが、これからきっとあなたとの恋愛相談を私にもってくるでしょうから、そのためにあらかじめ『恋』というものを学んでおこうと思っただけよ」

「あ、なるほど！」

わたしは合点(がてん)がいった。

「そういえば紗月さんのお母さんも、最近紗月さんが恋愛小説ばっかり読んでいるって言ってたんですよね。そういうことだったんですね！」

「そうよ」

紗月さんは胸を張った後、なぜか半眼になってわたしを睨みつけてきた。

「は？　そうだけれど？　なに？　なにか文句あるの？」

「え!?」

なんで急に絡まれた!?

「いや、ないですけど!?　ただ、紗月さんは優しいなあ、って……」

「優しかったこととか人生で一度もないわ」

「でも、わたしの妹のために力を貸してくれましたし……今だって、真唯のために、こうしてゲームまで……」

「………。余計なことは、言わなくていいから」

「す、すみません」

ちょっとの間、沈黙が訪れる。

な、なんだろう、気まずい……。わたし、ヘンなこと言っちゃったんだろうか。

もっと深くしっかりと謝った方がいいかな……!?

「甘織は」

「は、はい！」

紗月さんは目を細めて、わたしを見返す。

「楽しいの？　今、その、現実のあなたがプレイしている、恋愛ってやつ」

「え、ええと……。まあ、その……たぶん」

「自分は恋人なんてほしくない。大切な友達がほしいだけ、なんて、のたまっていたくせに」

「それは、まあ！　今も多少はその気持ちはありますけど！」

　でも、なんというか……。手元を見下ろしながら、たどたどしく言う。

「どっちも結局、人間関係なんだな、って……」

「……人間関係？」

「うん、あの……。人が人を大切に想う気持ちって、たぶん、こう、原始時代とかからあったと思うんですよね……。それって男女だけじゃなくて、女同士とかでも」

　紗月さんは少し黙った後「続けなさい」と、わたしを促してきた。は、はい。

「そういうのって、なんか、後から名前がついただけなのかな、って……。わたしはふたりに恋人になってほしいって言われて、その『恋人』っていうものを一生懸命がんばるって誓ったんですけど、根底にあるのって、ただふたりを大切にしたいって想いだったりして……」

　だから、結局は。

「真唯も、紫陽花さんも、幸せになってほしいって思うんです。ふたりがわたしのことを求めてくれるなら、期待に応えたりしたいって……これって、別に、友達でも、恋人でも、家族でも、変わらなくて……。なので、人間関係なんだな、って思ったんです、けど……？」

紗月さんの顔を窺う。紗月さんは冷めた目でわたしを眺めていた。

「友達同士でドキドキしたり、キスをしたりは、しないと思うけれど」

それは明確な違いでしょう？　と言う紗月さんに、わたしは。

「……で、でも」

「なに？」

「あ、いえ！」

言ったら怒られが発生するかと思って、口に出そうとした言葉を慌てて飲み込む。

「言わなくても怒るわよ」

「どうすれば心を読むのをやめてくれるんですか!?」

「いいからさっさと言いなさい」

「うう」

胸の前で指を絡ませながら、もにょもにょと供述する。

「わたしは……。紗月さんとキスしたときも、一緒にお風呂に入ったときも、ずっとどきどきしていたので……。友達同士であっても、尊敬したり、憧（あこが）れている相手とは、そーゆーこともあるんじゃないかと……」

「………………は？」

紗月さんは。

初めてこの家にやってきて、泊まって、その夜にキスをしてしまったときと同じくらい、顔を赤く染めていた。

「あなた」

「いえ、その！　すみません！　ヘンなこと言っちゃって！」

「……私のことが、好きってこと？」

「え!?　いや、違うと思うんですけど！　紗月さんのことはもちろん好きですよ!?　でも、そういう意味じゃなくて！　決してね！　だってわたしもう恋人いますもん！」

慌てて両手を振る。

紗月さんはなにかを考え込むみたいに口元に手を当てて、視線を斜め下に落としていた。しかし、髪の間から覗く耳は確実に赤くて、わたしのほうこそ恥ずかしくなってくる。

「やめましょう！　この話！　元カノとするのは、生々しすぎると思うんです！」

しかし紗月さんはひとり、つぶやく。

「……逆に言うと、体感している最中にそれが恋愛かどうかはわからなくて、あやふやな感情に名前を付けた時点で、それが恋愛だと定義されるってこと……？」

「あの……紗月さん？」

なにやら難しいことを言っていた紗月さんは顔をあげて、首を横に振った。

「なるほど。甘織、参考になったわ」

「はあ……それは、その、ありがとうございます……？」

とりあえず、さっきまで感じていた紗月さんの近寄りがたい雰囲気は、消え去っていた。よくわかんないけど、紗月さんの聞きたいことを、答えられたんだろうか。

今度こそ勉強——というタイミングで、スマホが鳴った。

「わ、すみません」

「別にいいけれど」

スマホを取って通知画面を見ると、相手は香穂ちゃんだった。

自宅にひとりという、人間関係窓口を閉じているモードではなかったので、躊躇(ちゅうちょ)なく電話に出られた。もしもし、と口にすると、香穂ちゃんの可憐な声が耳に飛び込んでくる。

『あ、れなちん！　明日空いてる？』

「え？　うん。勉強はしたいから、ぜんぶじゃなければ大丈夫だけど」

急(せ)かすような言葉に、慌ててうなずく。すると。

クラッカーを鳴らすみたいに、香穂ちゃんが告げてきた。

『ようやく、せららが話してくれるって！』

「えっ、ほんとに？」

『うんっ！　なんとか約束を取り付けたよ！　ま、あたしにかかればこんなもんだね！』

そっか。香穂ちゃんはあれからもずっと、粘って交渉し続けてくれてたんだ。

妹の件は、ひと段落ついたような気もするけど……。でも、話が聞けるなら聞きたい！

「うわあ、ありがとう香穂ちゃん！」

『あー……でもね、ただちょっと、んー……』

「？」

言葉を濁すようになった香穂ちゃんが、その声のトーンを下げた。

『どうもせらら、逃げ回ってたのは、理由があるみたいで……。まあいいや、これは会ってから話そっか』

「え、なに!?　気になるけど！」

『それじゃ明日、よろしくにゃーん！』

電話が切れる。待ち合わせ場所と時間は、後ほどメッセージを送ってくれるみたいだ。

しかし……ついに、星来さんか。

なんだろう……どんなことを話してくれるんだろう。

スマホの画面を少しの間、見つめていると、紗月さんが尋ねてくる。

「妹さんのこと？」

「あ、そうなんです！　香穂ちゃんが、妹の友達に連絡してくれてて」

「そう。これでまた風向きが変わるといいわね」

「ええと、その、はい！」

香穂ちゃんがなにか不穏な台詞を言っていたことに関しては、心に蓋をしておこう……。どっちみち、明日わかるんだし……。

いやあ、でも、気になるなあ！　明日って半日後でしょ!?　一日って長いのになあ！

頭を抱えて悶えていると、紗月さんが呆れたように嘆息した。

「その調子じゃ、集中できないでしょ。きょうはここまでにする？」

「う……。い、いえ！　やります！　せめて勉強ぐらいしないと、紗月さんの大親友として、胸を張ることができないので！」

「お小遣いのためじゃなかったの？」

「へへっ」

わたしは鼻の下をこすって笑った。

「さすが大親友。わたしのことは、なんでもお見通しですね」

「…………私はほんとに、なんでこんなやつに……」

紗月さんはまたも悔しそうに顔を歪めた。だから、なんなんですかそれ!?

＊＊＊

「よっしゃ、来たね！」

駅で待ち合わせした香穂ちゃんは、きょうはキャップをかぶったストリート系のファッションだった。こういうの似合う女子ってほんと羨ましい。香穂ちゃんはかわいいからな……。

「ええと、それでどこに行くの？　ファミレスとかで待ち合わせ？」

「そーそー、渋谷のちょっとおしゃれめなトコね！」

「えっ!?　なんでそんな……と、遠いところに」

なんでそんな陰キャにとって毒の沼地みたいな場所に……と言いそうになり、慌てて距離を問題にする。距離はいつだって問題だ。芦ケ谷がもうちょっと遠かったら、わたしは別の意味で不登校になっていたかもしれない。

電車に乗って地元を離れながら、香穂ちゃんが得意げに人差し指を立てる。

「ふっふっふ、そりゃ信憑性を増すためっしょ」

「信憑性……？」

「せららを呼び出すために、あたしはがんばったんだよ。とりあえず褒めて！」

「えっ？　あ、はい。すごーい、えらーい」

「下手……」

「いきなりホメを求められても困るって！」

香穂ちゃんに冷たい声でなじられると、なんか妙に背筋がゾクゾクしてくる。普段、朗らかだからそのギャップでダメージが倍化しているのかもしれない。

わたしは真剣な顔で訴える。

「だめだよ、香穂ちゃんはわたしに優しくしてくれないと。そういうルールでしょ」

「初めて聞いたんだけど！」

「ムチ担当はもう紗月さんがいるんだから、香穂ちゃんと真唯と紫陽花さんと他すべての人類は、アメになってくれなきゃ」

「アメ担当多いにゃあ……。まあ、そんなれなちんに都合の良すぎる世界はおいとくとして」

香穂ちゃんがぴたりと止まって、わたしを仰ぎ見る。

ん？

「先に、ひとつ話しておきたいことがあるんだけど。あたしは、学校には別に行かなくてもいいと思ってる派」

「紗月さんと同じだ」

香穂ちゃんがそう言うのは、不思議とあまり違和感がなかった。

「方向性はかなり違うと思うけどね。どうしても叶えたい夢があって、そのために学校以外に時間を割く必要があるのなら、それも止む無しっちゅーか」

わたしは首を傾げた。妹は、そのケースには当てはまらないと思う。

「コスプレ界でけっこう知り合うんだよ。高校辞めて働き始めたお姉さんとか、配信者、ストリーマーでやってる人とか。高卒認定試験を受けて資格を取った人とか、いろいろ」

「へえ－……」

「ただしそういう道を進むにしても、あくまでも家族の理解を得るってことが大前提。中学二年生なんてまだまだ自立してない子供なんだから、自分の道をひとりだけで決めるなんて、ナイナイちゃんだよ」

　びしっと指を立てる香穂ちゃん。

　確かに香穂ちゃんは以前、コスプレという趣味を続けさせてもらうために、勉強がんばってるって言ってた。

　自分である程度お金を稼ぐ撮影会とかもできるのに（あるいは、だからこそ？）、家族に対しては、ちゃんとしているタイプなんだろう。

「だからあたしは、れなちんの妹ちゃんは、学校に行ったほうがいいって思ってるわけ。月並みな言葉だけど、なんだって経験。無駄なことなんてないから。もし、自分ひとりじゃどうしようもならない原因があるなら、それを取り除くお手伝いぐらいはしてあげたいんだ」

　香穂ちゃんは頬をかいて、目を逸らす。

「ま、正義感で誰彼構わず、首を突っ込むほど、イイコじゃないけどね、あたしは。妹ちゃんは一緒にバスケやった仲だし、せららの友達だし。あたしが直接会いに行くのは立場的にお節介が過ぎるかなって思うので、こういう形でれなちんに協力させてもらおうと思ってます」

「は、はい！　大変ありがたいです！」

素晴らしい所信表明だった。なんてきっちりしているんだ。大人すぎる。かっこいい。推せる。総理大臣になってほしい。

「とりま、あたしのスタンスを理解してもらったところで」

香穂ちゃんがスマホを出して、見せつけてくる。

「実は、ずーっとせららと連絡取れなくなっててさ」

「ええっ？　な、なんで？」

「嫌な予感が働いたんだろーね。サブアカ17個も使ったのに、一個も返信なかったんだ」

「それはむしろ逆に、というやつなのでは……」

わたしだって香穂ちゃんから17通りのアカウントで連絡が来たら、自分に心当たりがまったくなくても、逃げ出すと思う。

「それが、やっと連絡取れたんだ？」

「んーん」

香穂ちゃんはかわいく首を横に振った。なんだろう、トンチかな？

「でも、約束を取り付けた、って……」

「マイマイがね」

「あ、そうなんだ。ってことは、きょうは真唯も一緒？」

「んーんー」

もう一度、香穂ちゃんは首を横に振った。どこかカマトトぶっているような、あるいはわたしをおちょくって楽しんでいるような顔だった。

「だめでしょ香穂ちゃん！　香穂ちゃんはアメ担当でしょ！　めっ！」

「さも当然のように言い張られると、それがまるで既成事実になりそうだにゃあ」

香穂ちゃんはわけのわからないことをつぶやく。なにを言っているんだろう。だって香穂ちゃんはわたしがもし**メンヘラＤＶ彼氏れなちん**になったとしても、**好きで好きでたまらないからお願い別れないでとすがりついてくる女**のはずなのに……。

香穂ちゃんは小さく舌を出して（かわいい！）笑った。

「マイマイからアカウント借りたんだ」

「…………えっ!?」

「で、呼び出してみたら、せららのやつ、一発で食いついてきた」

「そ、それは…………」

わたしは星来さんと初めて会ったときのことを思い出す。グイグイと連絡先を交換させられそうになったのも、真唯のことを気にしていたからだ。

それだけ真唯のファンだった、ということなんだろうけど……。その気持ちを、利用したってこと……？

掟（おきて）破りすぎる。芦ケ谷の妹にして、クインテットの小さな悪魔……！

「ま、それもこれも素直に話してくれないからだよね！　ぜんぶれなちんの妹さんのためだもん！　正義は我らにあり！　でしょ？　れなちん！　いえ、れなちん隊長！」

「なんかそれわたしが首謀者みたいになってない!?」

わたしはかなりドン引きしていた。

「か、香穂ちゃん……一応、石とか持っていったほうがいいんじゃ……。護身用に……」

「お、いいね、隊長！　適当なの見繕っていこっか！」

「その隊長っていうのやめてくれません!?」

胸がズキズキしてきた。

香穂ちゃん、こんなにチャーミングな笑顔で、とんでもないことを成し遂げる……。紗月さんとは違う意味で、ぜったいに敵に回したくない子……。


渋谷のカフェの奥まった席で待っていると、カランカランと音がしてお店のドアが開いた。

「あ、だいじょうぶですぅ、待ち合わせですぅ♡」

入ってきたのは、星来さん。それも、真新しい秋物の服をばっちりと身に着けていた。

すっごく着飾っている……。

ただでさえ美少女なのに、華やかさが、普段よりも五割増しだ。

「おっくのっせきー♡　うふふ、お待たせしましたぁ、王塚真唯さぁん♡」

テーブル席を覗き込んでくる星来さんが、固まった。

「ど、どうも」

わたしが頭を下げる。

星来さんは何度か瞬きを繰り返す。

「あえ？　おねーさんセンパイ……？　どうして、ここに──」

後ろから現れた何者かが、星来さんの背中を押す。

「ひゃ」

かわいい声をあげて、ソファ席に押し込まれる星来さん。その出口を塞ぐみたいに、キャップ姿の女の子が隣に座った。さっと帽子を脱ぐ。

「せらら、久しぶりっ☆」

香穂ちゃんが目の高さでピースをする。

それを見た星来さんが、徐々にすべてを理解してゆく様を、わたしは目の当たりにした。

「………………」

しばらく、ピカソみたいな顔で凍りついた星来さんは。

そして。

「う、」

大きく息を吸い込んで。

「うわああああああああああああああああああああ
ああああああああああああああああああああああ
あああああああああああああああああああああん!!」
号泣した。
うわあ……。

「ぐすっ、ぐすっ……よ、よくも、よくもやってくれましたねぇ、なぎぽぉ……!」

「やー、さすがにごめんごめん。そんな泣くなんて思わなかったにゃあ」

「泣いてませんけどぉ!」

100パーセントの虚偽を言い張る星来さん。

その前には、半分ほど空になったパンケーキのお皿が置いてある。わたしと香穂ちゃんで奢ってあげたものだ。

さすがの香穂ちゃんも、ギャン泣きする中学二年生の女の子を見て、罪の意識を覚えてくれたみたいで、よかった。これからも友達を続けられる。

「よちよち、よちよち。そうでちゅねー、せららちゃんは泣いてませんでちゅよねー」

「帰りますぅ! そこどいてください!」

「まあまあ。ほらほら、飲み物おかわりしまちょうね? なにがいいでちゅか? おねーちゃんたちが奢ってあげまちゅよーべろべろばー」

「う〜〜！　じゃあメロンソーダフロートを……」

　えぐえぐと鼻をすする星来さんのおめめは、赤くなっている。

「ほんとにごめんね、星来さん……。こんな形で呼び出しちゃって……」

　わたしは申し訳なさに圧し潰されそうになりながら、何度も頭を下げる。

「別に……浮かれてなんてませんでしたし」

　ぷい、と星来さんは横を向いて、それから視線を落として。

「あの、憧れの王塚真唯さんが、せららに会ってくれるって言って……。コスプレサミットですごく興味をもったから、ちょっとお喋りしようなんて誘ってくれて……。それでずっときょうが楽しみで楽しみで、昨日はぜんぜん眠れなかったなんてこと、ありませぇんし……」

「ほんっっっとにごめんね!!」

　つぶやくごとにどんどんと表情が沈み込んでゆく星来さんに、わたしはテーブルに額をつけるようにして頭を下げた。向かいの香穂ちゃんは笑ってた。人の心とかないんか？

「また今度、セッティングするから……」

「……それは？」

　星来さんが親の仇を見るような目で睨んでくる。うう……。

「真唯がお仕事休みの日があったら……。星来さんに、連絡するから……そのとき、また改めて一緒に遊ぼう、的な……」

「………」

思いっきり眉間に力を込めていた星来さんの目が、ほんの少し和らいだ気がする。半眼で、星来さんは唇を尖らせる。

「いつですか？」

「そ、それは！　真唯にも予定があるし！」

「……また、裏切るというわけですね……」

「いや違うよ!?　っていうか、またってなに!?」

「いたいけな女子中学生をそうやって翻弄して、騙して、徹底的に利用して……。しゃぶりつくしてから捨てるんですね……。ボロ雑巾みたいに……ボロ雑巾みたいに！」

店内に響く星来さんの高い声。カフェの中の女子たちが一斉に注目してくる。わたしは顔を熱くしながら、必死に手を振った。

「だ、大丈夫だよ！　なんなら今ここで真唯に連絡しておくから！　なら安心でしょ!?」

「どうせそのアカウントだって、あたしを騙すために前もって作っておいた王塚真唯さんの偽アカウントなんですよね？」

「詐欺師の手口じゃん!?」

「れなちんは、いろいろ前科があるからにゃあ」

「なに自分は関係ないって顔して、のほほんとアイスミルク飲んでいるんだよ！　ぜんぶ香穂ちゃんのせいだろぉ！」

叫ぶ。わたしは香穂ちゃんのせいで、いたいけな中学生の信頼度をゼロにしてしまったようだ。なんか妹の件が片付いても、星来さんとの関係性は修復できない気がしてきた……。

「ほら、ほらほら！　真唯に今送ったから！　見て見て！　ね!?」

わたしはとっさに真唯にメッセージを送った。『妹の友達が真唯のファンで、会いたいって言っているから、今度一緒に付き合ってくれませんか！』と。

わたしのスマホに表示された文字を、目を細めて凝視する星来さん。

「……送るだけ送って、あたしにこうして見せつけてから、相手に見られる前に送信取り消しをするって魂胆ですか」

「どうすればいいんだよ！」

星来さんがわたしにスマホを向けてきた。

「録音」

「え？」

「今ここで、おねーさんセンパイの発言をビデオに録ります。学生証持っていますか？」

「あ、あるけど……」

「じゃあ、今から送る文面を、カメラに向かって読み上げてくださいね」

星来さんがテキストデータで文章を送りつけてくる。わたしは星来さんの構えるスマホに向かって、学生証を胸の前で構える。

引きつったにこやかな笑顔を作り、口を開いた。

「あ、芦ケ谷高校一年生、B組、出席番号2番、甘織れな子でーす……。このたびは、妹の友達に、とても酷いことをしてしまいましたので、その償いをさせていただきますー……。もしわたしが次に約束を破った場合は、慰謝料としていちおくえんをぜったい支払いますー……」

「じゃあ、おねーさんセンパイ、ここでおっぱい出してください」

「できるかぁ！」

さすがに悲鳴をあげると、チッと舌打ちして星来さんがスマホをしまった。どうやら今ので勘弁してもらえたらしい。

「約束は今年中でお願いしますね。というか、一億円て……。期限を過ぎた場合、この動画を全世界に拡散しますので」

「なんてこった……」

弱みを握られてしまった。わたしの人生は、星来さんの指先ひとつで気ままに破壊されてしまう……。

「それでは次は、なぎぽさん。あなたですよ」

「はにゃ？」

「ってなに録ってるんですかぁ!?」

香穂ちゃんはカメラを構えてた。お人形さんみたいにかわいらしく微笑む。

「せらが、マイの大事な大事なオ、ト、モ、ダ、チのれ、い、な、ち、ん、を、脅、す、ト、コ」

「はぁ!?」

星来さんが香穂ちゃんの胸倉を摑む。

「やめてくださいよ！　そんなの見られたら、せっかく真唯さんに会えるかもしれないのに、あたしの好感度が下がっちゃうじゃないですかぁ！」

目を逸らして口笛を吹く香穂ちゃん。ハッと気づく星来さん。

「まさか、このメスネコ、それが目的で……!?」

「抑止力、ってやつかにゃあ」

解放された香穂ちゃんが「うふふ」と笑う。

これは、つまり……。

わたしもカメラを掲げる。

「わかった。香穂ちゃん、ちょっとおっぱい出してもらっていい？」

「それはなんで!?」

「三すくみが完成するかな、って……」

星来さんがわたしの弱みを握る。香穂ちゃんが星来さんの弱みを握る。なら、わたしが香穂ちゃんの弱みを握らなければ、バランスが取れないというものでは……？

「わかったわかった。まったくもう、れなちんはドスケベなんだから……。ふたりっきりのときに、ネ……♡」

「おいこら言い方ぁ！」

星来さんが目を丸くする。

「えっ……。おふたりって、そういう関係なんですか……？」

「ちがーう！」

「そうだヨ。身体だけの関係だよ」

「もう香穂ちゃん、コンタクトはぎ取っていいか!?」

なにを想像したのか、星来さんはわずかに頬を赤らめながら。

「……さすが高校生って、進んでいますね……。ではなく、きょうここにあたしを呼び出したってことは、そういうことですよね」

「う、うん」

星来さんの誤解を解く前に、話が次に進んでしまった。

そういえば耀子ちゃんにも、わたしが香穂ちゃんと付き合っていると勘違いされているんだよな……。わたしがなにを言っても聞いてくれないから、もういいけどね……。

「妹のことなんだけど……」

ようやくそう切り出すと、星来さんの表情が曇った。

「それを話したくないから逃げ回ってたんですが……わかってます？」

うっ。責めるような口調に、わたしは小さくうなずいた。

「……うん、ごめん。でも、どうしても聞きたい。星来さん、なにがあったか知っているんだよね？　だったら、教えてほしい」

星来さんは、運ばれてきたメロンソーダフロートのアイスをスプーンで突っつきながら、瞳を揺らす。

「聞いてどうするんですか、そんなの。おねーさんセンパイは、謎を解けてスッキリするかもしれませんけど、ただの好奇心ならやめたほうがいいと思いますよ」

「そんなんじゃ」

ないと思うんだけど……言いよどむ。

香穂ちゃんが、助け船を出してくれた。

「れなちんは、そういうんじゃないよ」

「む」

「ちゃんと本気で、妹ちゃんのことを心配してる。いくらあたしだって、ただのクラスメイトのためにここまでしないよ。アカウントを貸してくれたマイだって。れなちんが本気だから、あたしたちも本気で協力しているんだ」

か、香穂ちゃん……！

どんなにいじられても、おちょくられても、香穂ちゃんのこういう言葉に、わたしは救われている。自分ではそうじゃないって言ってたけど、わたしは知ってるよ。香穂ちゃんはイイコなんだ！　……あれ、これ普段ＤＶされているカノジョみたいな思考か？

「……そーですか」

星来さんは、ため息を飲み込んだ顔をして、それから。

「いいですよ、話してあげますよ」

「ほんと⁉」

ありがとう！　と言おうとしたわたしに、星来さんは手のひらを突き出してくる。

「お礼はけっこうです。あたし、たぶんこれを話したら、遥奈にも、おねーさんセンパイにも恨まれると思いますから」

「……え？」

恨まれるって、なんで……。

わたしが動揺している間に。

星来さんは、ゆっくりと語り出す。

「最初は、軽い言い争いだったんです。湊がよくない噂を口に出して。ぜんぜん、大したことじゃなかったんです。なのに、遥奈が過敏に反応して」

「噂……？」

「くだらないことですよ。デタラメです。ただそれで、遥奈が湊を無視し出して。あたしは、なんでそこまでするんだろうって意味がわからなかったです。子供みたいなことやめなよって、何度も遥奈に言いました。なのに、あいつは聞かなくて」

わたしも香穂ちゃんも黙って、星来さんの話を聞いていた。

「そしたら、湊も湊で、ムキになってきて。当たり前ですよね。だってなんでシカトされているのか、ぜんぜんわかんないですし。それで、クラスはずっと険悪なムードのままで」

星来さんがテーブルの上に乗せた拳を、握り固める。

「もう一度、大きな喧嘩があったんです。湊が遥奈に突っかかって、そして」

ぐっと星来さんは、奥の歯を嚙みしめた。

「遥奈が、湊を殴ったんです」

わたしは目を見開いた。

「殴った……？」

言葉の意味はわかるのに、意味がわからなかった。

あの妹が？　お風呂場で笑っていた妹の顔と、星来さんの言葉が結びつかない。

もう我慢できないとばかりに、星来さんがテーブルを叩く。

「そうですよ！　湊の顔を殴ったんですよ！」

　思わず、身がすくむ。

「それだけは、だめじゃないですか！　青あざ作って！　あたしはコスプレイヤーだし……だから、女の子の顔がどれだけ大事かって知ってます！」

　動悸が激しい。

「どんな理由があったって、あたしはあいつのことを絶対許しません！」

　星来さんの言葉を聞いて、まるでわたしが殴られたみたいに、頭がクラクラしてくる。

　遥奈が、湊さんの顔を殴った……？

　夏休みの日、うちに遊びに来た星来さんと、湊さんのことを思い出す。

　あのとき、三人はとても仲が良さそうに見えた。

　実際どうだったのかはわからないけど、でも、だけど……。

　うつむくわたしに、香穂ちゃんが「れなちん」と心配して声をかけてくれる。

　わたしは、せっかく香穂ちゃんが用意してくれた場なのに、なにも反応ができないまま。

「あんなやつ、もう学校に来ないほうがいいです。来たって、誰も遥奈のことなんて相手にしませんよ。それがわかっているから、遥奈も逃げたんでしょう。あいつは、卑怯者です」

「ちょっと、せらら」

　言いすぎだよと目で訴える香穂ちゃんに、それでも星来さんは言い切る。

「あたしは、遥奈のことも、大事な友達だと思ってました。たまに調子に乗ってうざいときはあるけど、いいやつだと思ってました。だけど、あんなわけわかんないキレ方をした遥奈のこと、見過ごせるほど、心の広い人間じゃないですから」

それは、ここにいない妹に向けた、絶縁状のようだった。

星来さんは、ふぅ、と息をつく。

「……湊だって、あの日から学校休んでいるんです。連絡しても、ぜんぜん返事ないし。あたしは、湊が心配です。遥奈なんか、知ったことか、ですよ」

わたしはそう吐き捨てる星来さんの言葉に、なにも言い返せないまま。

気づけばふたりと別れて、帰路をたどっていた。


「……」

ただいまも言わずにリビングに入ると、遥奈はソファーに寝転がりながら携帯ゲームをやっていた。

わたしに気づいた遥奈が、びっくりする。

「うわ。不審者かと思った」

立ちすくむわたしに、眉根を寄せる遥奈。

「え、なに？　そんな暗い顔して。今度は財布落とした？　スマホの画面割った？」

「いや、別に……」

遥奈の顔が、見れない。

声が、蘇る。

『いじめで休むとしたら、思いっきりやり返して、その暴力事件で謹慎処分だね』

そう笑ってた遥奈の言葉を、当たり前のように冗談だと思っていたのに。

妹が、手のひらに貼っていた絆創膏。

あの傷は……湊さんを殴って、できたものだったんだ。

わたしはいったい、どうすればいいんだろう。

このまま二ヶ月待って、ほとぼりが冷めた頃に学校に行く遥奈を見送って、それでめでたしめでたしになるんだろうか。

「？」と首を傾げる遥奈になにも言わず、わたしはリビングを出た。

後ろから、声がする。

「ヘンなお姉ちゃん」

っ……。

なにも言えず、わたしは逃げるようにして、自分の部屋に戻っていった。

ベッドに顔を埋める。

星来ちゃんの憎しみすらもにじむ顔と、遥奈のあっけらかんとした笑顔が、まぶたの裏に貼りついていた。

第四章　わたしにお姉ちゃんができるわけないじゃん、ムリムリ！

Friends? Lovers?

夢を見ていた。

誰かが、泣いている。

泣いているのは、女の子。

まだ幼い頃の、妹だった。

『おねえちゃん〜！　おねえちゃん〜！』

その子は、わたしの袖(そで)を摑みながら、わんわんと泣いていた。

わたしはなにか、慰(なぐさ)めにもならないようなことを告げる。

もちろんその言葉には、妹の涙を止める力はなくって。

わたしはなんとか、自分も泣かないようにぐっと目頭(めがしら)に力を込めるのが、精一杯だった。

ぜんぜん覚えてない。陽キャを目指してからの人生の密度が濃すぎて、わたしはそれ以外のことをすべて忘れつつあるのかもしれない。こんなこと、あったっけ。

あるいはただ自分に都合よく作り出した、夢幻(ゆめまぼろし)……!?

その割に、泣きじゃくる妹の姿は、くっきりと映し出されている。

そういえば……朧げに記憶が、蘇ってくる。

小学三年生のとき。わたしと妹は迷子になった。

街角を走るクレープ屋さんの車を見つけて、どこまで行くのか追いかけてみよう、と駆け出したのだ。世界のどこかに、クレープ屋さんの車が集まる、クレープの国があるとでも思っていたのだろうか。

わたしの後ろには、まだ小学一年生だった妹がいて、ぴょこぴょこと一緒についてきた。

今でこそ背を抜かれたわたしだけど、当時の二歳差はさすがに問答無用で、妹はわたしよりだいぶちっちゃくて、いつだってわたしの後ろをついて回ってきて……。

水面から気泡が浮かび上がるように、またひとつ、記憶が形を成す。

そうだ。わたしは妹のことが鬱陶しかったんだ。

学年があがるたびに、背が伸びるたびに、毎日新しいことができるようになっていって。

でも妹がいると、結局、妹に合わせなきゃいけなくて。それがずーっと面倒くさいなあって思ってて。

だから、わたしは。

あの日、クレープ屋さんを追いかけながら、わざと妹が付いてこれないように走ったんだ。

背に妹の泣き声を聞きながら、それを振り切ったんだ――。

心の中に、淀んだ霧が立ち込める。

なんだ、わたしは最初からお姉ちゃんの資格なんて、なかったんだ。

都合のいいときだけ妹を頼って、利用して、そのくせ、自分は妹に冷たくして。

こんな姉に、悩みを打ち明けようと思えるはずがない。

わたしが生まれた頃から一度も失敗せず、ちゃんと頼りになれる姉で、妹のことを心から思いやれていたら、よかったのに。

でも、だめだ。

過去を変えることはできない。たとえ未来を変えることができたとしても、ずっと繋がっている妹は、もはやわたしのダメなところをあまりにも見すぎていて、溜まりすぎた信頼の負債を返済する術はない。

わたしは遥奈のことを、守らなきゃいけなかったのに。

今さら後悔したって遅いんだ。袖を摑んで泣く妹の、その大粒の涙を思い出す。

わたしは、お姉ちゃんなのに——。

＊＊＊

星来さんから、妹が不登校になった原因を聞いて。

昨日の夜から、遥奈とはろくに会話もできないまま、学校に来た。

一日経った今でも、まだ頭の中がぐるぐるしてる。

「──れなちゃん、大丈夫？」

紫陽花さんの心配そうな声が聞こえてきて、わたしははっと顔をあげた。

「え？　あ、ごめん！　なに、なんの話だった？」

今はお昼休みの教室。みんなで席を持ち寄ってご飯を食べている最中だった。

集まっているのは、クインテットのみんな。全員がわたしに注目している。真唯に、紗月さん、紫陽花さん、それに香穂ちゃんも。

「あ、あーっと……」

わたしは言葉を濁そうとして、うまくできず、そのまま無様に暗い顔を晒してしまう。

「ごめん……。妹のことで、また悩んでて」

みんなが顔を見合わせた。

紫陽花さんがふにゃりと眉を下げる。

「やっぱりれなちゃん、心配だよね……」

「……」

紫陽花さんの言葉に、心の中で首を横に振る。

たぶん、そういうんじゃないと思う。わたしが今、悩んでいるのは……。

こわごわと、口を開く。

「みんなはさ、もし家族が悪いことをしてるって知ったら……どうする？」

ボールを投げてみてから、気づく。いや、この聞き方だと、妹が悪いことをしたと暗に白状しているみたいだ！　そうなんだけど、そうじゃなくて！

わたしのことじゃなくて、今はみんなの話が聞きたい……。

唯一、事情を知っている香穂ちゃんが、真っ先に話を継ぐ。

「それって、もし妹ちゃんの不登校になった原因が悪いことだったらどうしようって、ことだよネ？　れなちんってば、勝手に想像して落ち込むなんて、心配性だにゃあ」

「え？　あ、う、うん！　そう、そういうこと！」

ここは香穂ちゃんが垂らしてくれた蜘蛛(くも)の糸に、プライドなく、しがみつくことにする。あったためしがありませんけどね、プライド……。

「家族が悪いことをしたら、か」

真唯が顎(あご)に手を当てて考え込む。

真っ先に口を開いたのは、紗月さんだった。

「説教するわ」

力強い宣言である。

「それって、お母さんに？」

迂闊に尋ねると、紗月さんは一瞬、視線を鋭くした。うっ。

「……まあ、そうね。あの人は、すぐろくでもないことをするから。急におかしなものを買ってきたり、勉強の邪魔をしてきたり。そういうときは理路整然と、己の罪を自覚させるために説教をするわね」

なるほど……対話で言い聞かせる派……。

「紗月さんに正論でお説教されたら、相当メンタルにきそうですね……」

「だったらいいのだけれど」

眉根を寄せる紗月さんに、真唯が横からサラッと口を出してくる。

「でもなんだかんだ紗月は優しいから、最終的には『仕方ないわね』って言ってくれるんだ」

「一向に改善の余地が見えないから諦めているのよ！　あなたと母さんはね！」

紗月さんが怒鳴る。学校では珍しい紗月さんの大声だった。

「私は、すぐ怒っちゃうかなあ」

紫陽花さんが恥ずかしそうに言う。

「紗月ちゃんみたいに、お小言で済ませられたらよかったんだけど……ぜんぜん言ってもきかないから、そのうち私がガマンできなくなっちゃって。だからもう、わーって」

へにょりと眉を下げる紫陽花さん。小さな弟がふたりいるお姉ちゃんは、大変だ。

紗月さんは大きくうなずいて。

「気持ちはわかるわ。でも一応、うちの母はもう34歳だから」

衝撃の発言に、頭の中身が吹っ飛ぶところだった。

『若っ！』

わたしと香穂ちゃんの声がハモった。

ってことはなに？　紗月さんのお母さんって、紗月さんを17歳で産んだってこと？　来年のわたしじゃん……！

つまり、わたしが来年になったら、真唯の子どもを産む可能性もある、と……。

いやいやいやいやいや、ぜったいないわ。そもそも女同士だ！

はー、びっくりした。紗月母、どうりでお姉さんに見えるわけだ……。

話が脱線しそうになったところで、またも香穂ちゃんが元に戻す。

「あたしはー……とりあえず『コラ！』って言うよ。やった瞬間に言ってあげないと、覚えないからね。タイミングが命」

「そうだねえ、大事だねえ」と紫陽花さんがうなずいているけど、香穂ちゃんのそれ、ワンちゃんのことだよね？　家族……いやまあ、家族か。

これで話が一周した……と思いきや、最後に真唯が残っていた。

「私は、どうかな」

真唯が曖昧(あいまい)な笑みを浮かべる。

「あまり、言えないかもしれないな」

珍しく、自信のなさそうな声だった。

紗月さんがしれっと継ぐ。

「……別に、いいんじゃない？　どうせ仮定の話よ。あなたの母は、少なくとも私の母より、怒られるようなことはしないでしょう」

「私は、君の母は立派だと思っているけれど」

「一緒に暮らしていなければ、私もそう言うかもしれないわね」

幼馴染みのやり取りの後に、紫陽花さんが口を開く。

「真唯ちゃんのお母さんって、あの王塚ルネさんだよね。たまにテレビで見ても、いっつも堂々としているし。確かに私も、言えないかも」

「そうだね。完璧で、立派な人だよ」

紫陽花さんが苦笑いすると、真唯もまた微笑み返した。

……チープな言い方かもだけど。家族の間のことって、それぞれいろいろあるんだな。

クインテットのみんなはすごく立派だから、わたしなんかよりよっぽどうまく人生を生きてるんだろうって思うけど……。それって能力があるから平然とこなしているってわけじゃなくて、わたしよりもよっぽど普段からがんばっているんだよね……。

「れな子は、どうだい」

「わたしは」

真唯に話を振られて、すぐには言葉が出てこなかった。

わたしは……どうしたいんだろう。

「叱った方がいいんだろうな、って、思う。そのほうが、正しいこと、って感じするから」

「正しいこと、ね」

真唯のそれは、含みをもった言い回しに聞こえた。

……なんだろう。

だって……姉として、妹が人を殴ったなんて聞いたら、そんなの、ちゃんと怒らないとだめなんじゃないかな。しっかりとお姉ちゃんをしている紫陽花さんみたいに。

それができないわたしは、姉失格なんじゃないかな……。

「ええと……。たぶんなんだけど、れなちゃん」

うつむくわたしの手を握るみたいに、紫陽花さんの声が滑り込んでくる。

「正しいとか、間違っているとかは、あんまり考えなくていいんじゃないかな」

「え?」

顔をあげる。

紫陽花さんは優しく目を細める。

「私はよく叱っちゃうけど……。でも、それが正しいからやっているんじゃなくて、そうしなくっちゃと思っているから、そうしているんだよ」

それは……。

「たぶん、みんな一緒だと思うんだ。香穂ちゃんも、紗月ちゃんも」

「……私は」

真唯が漏らした言葉に、紫陽花さんが微笑む。

「それだって、真唯ちゃんがお母さんのことを立派な人だと思っているから、もしなにか間違えるようなことをしても、大丈夫だっていう信頼があるんだよね」

「ん……そうだね、その通りだ。ありがとう、紫陽花」

「ううん」

首を横に振る紫陽花さん。

ハイハーイと香穂ちゃんが手を伸ばす。

「あたしも、モケコのために言っているよ！」

「……私は、何度も同じ迷惑をかけられたくないから言っているだけだけど」

紗月さんの言葉は、紫陽花さんの『紗月ちゃんってば』という苦笑いとともに受け入れられた。紗月さんは悔しそうだった。あれはきっと本音だ……。

「だからね、れなちゃんも正しいとか間違っているとかじゃなくて……遥奈ちゃんのことを見てあげればいいんだよ」

……遥奈のことを。

「ほら……私とか、真唯ちゃんに、してくれたみたいに」

「あ……」

わたしは改めて紫陽花さんを見た。

それから真唯を。

わたしと付き合っているふたりを。

確かに、正しいとか間違っているとかで判断したら、わたしの決断は全世界の人から後ろ指を差されてもおかしくない。後ろ指どころか、包丁の可能性もある。

そっか……。

わたしは、もうやってたんだ。

ていうか、あんなの、一度しか使えないような裏技だと思ってたけど……。もしかして、そうじゃないのかな。

正解とか不正解とか、考えなくてもいいってこと……？

……どうしても、人を殴らなきゃいけない状況があるのかどうかなんて、わたしには想像できないけど……。でも、それを言うなら、どうしても二股しなきゃいけない状況だって、他の人にとってはまず間違いなくありえないだろうし。

わたしはもしかしたら、視野が狭くなっていたのかもしれない。

「……ありがとう、みんな。もうちょっと、悩んでみるね」

そう言って頭を下げたわたしに、みんなは優しい言葉をかけてくれたのだった。

とりあえず……次にやりたいことは、決まった、と思う。

……たぶん。

放課後、後ろから声をかけられた。

のろのろと帰りの支度を整えて、リュックを揺らしながら廊下を歩いていたところ。

「れーな子クン♪」

振り返る。そこにはいつも明るくかわいいB組のヒロインがいた。

「あ、耀子ちゃん……！」

思わず身構えてしまう。

前回、男の子を紹介されそうになってしまったから……！

「そんな、緊張しなくたって大丈夫、大丈夫。きょうはほら、わたしひとりだよ」

わたしの気持ちをすっかり見抜いた耀子ちゃんは、両手を広げて笑う。

「ほんとに……？」

「警戒するねえ……」

なにが嬉しいのか、耀子ちゃんが面白そうに目を細める。

「あ、いや、ぜんぜん、そういうわけじゃないんだけど！　ほら、わたしきょうも用事があって！　だから、お断りするのも申し訳なくてね！　誘ってもらえるのって、基本的に嬉しいことだから！　ね！」

「ふふっ、優しいんだね、れな子クンって」

「あ、あはは……」

しまった。後ろめたいことがあるときの笑い声になってしまった。違う。陽キャだったらもっと、こう、香穂ちゃんみたいに笑わないと！

「そんな、優しくなんてないってば。にゃはは」

「え、急にどうしたの？　えっ、なんで落ち込んでいるの!?」

だめだ。『にゃ』は香穂ちゃんだからこそ許されるんだ。不用意に真似して、わたしのメンタルは一瞬で死にかけた。三途（さんず）の川が見えちゃったにゃ！

「なんでもない……。それで、ど、どうかした？」

「そうそう。ちょっとれな子クンに聞きたいことがあって」

「な、なんでしょう」

耀子ちゃんに袖を引かれ、廊下の端に寄る。

そのまま顔を近づけてくる。耳元に、ささやきかけてくる。

「実はさー」

「う、うん」

ロッカーの中に引きずり込まれたことを思い出して、なんだか頬が熱くなってくる。

距離近いんだよな、耀子ちゃん……。そんなムーブを繰り返していると、周りの人がドンドン勘違いしちゃうよ……？

だが、耀子ちゃんが口に出したのは、まったく予想外の名前だった。

「『梨地小町』さんって、知ってる？」

わたしは思わず自分の耳を疑った。

「……え？」

耀子ちゃんを見返す。

「なんで」

「さて、なぜでしょう」

後ろ手を組んだ耀子ちゃんは、底の見えない笑みを浮かべていた。

「えーっと……」

「ふふっ、大したことないんだけどね。人づてに聞いただけで。知り合い？　っぽかったから。友達だったのかなーって思っただけ」

「あ、ああ、そうなんだ」

動悸が激しい。

耀子ちゃんは、ほんわかと微笑んでいる。いつもの耀子ちゃんだ。

さっき見た笑顔は、きっと気のせいだろう。

誰も知っているはずがない。

梨地小町さん。彼女が、中学時代にわたしをハブにした首謀者である——ということは。

「そ、それって誰から聞いたの？」

「ん～、誰だったかな～。あはは、忘れちゃった」

「そ、そっか」

やばい。陽キャの外面が剝がれ落ちそうになってきた。

わたしは半ばムリヤリ笑顔を作る。

「そ、そういえば同じ中学だったような」

「あーそうなんだ。その感じだと、あんまり仲は良くなかった？」

「そう、だね」

それだけは間違いない。彼女はわたしのことが嫌いで嫌いで仕方なかっただろうから。

「ふーん」

目を細めた耀子ちゃんは、まるで獲物を見定める猛禽類のようにも見えた。

「なるほどね」

「え？」

「ううん、なんでもない、こっちの話。ごめんね、ヘンなこと聞いちゃって」

身を引く耀子ちゃん。

「わたし、まだまだ空気読めなくって……。なんか、今回も話題のチョイスに失敗しちゃったかな？　ほんとごめんっ。次こそ、もっともっと楽しい話もってくるから！」

ロッカーの中で耀子ちゃんは、自分が思ったことをすぐ口に出してしまうから、なかなか友達ができなくて……、と悩みを打ち明けてくれた。

「あ、ううん、ぜんぜん」

薄皮一枚、笑顔を保って、両手を大げさにパタパタと振る。

「話しかけてくれるだけで、わたしは嬉しいから。そんな気にせず、ぜんぜん、遠慮しないでいただければ。ほんとに、ほんとに」

「れな子クン、優しい！」

ぎゅっと腕に抱きつかれて、わたしは「あはは」と愛想笑いを返す。

「じゃ、またね！」

「あ、うん。また……」

耀子ちゃんはさっさと踵（きびす）を返して去っていった。

取り残されたわたし。まだ心拍数が高まっている。

いったい、なんだったんだろう。

一年ぶりに聞いたその人の名前は、いまだに暗澹たる雨をわたしの心に降らせた。

まさかとは思うけど、耀子ちゃん、梨地さんの友達だったりするのかな……。

心の中に、不穏なわだかまりを抱えたまま、自宅に帰る。

胃に重くのしかかるこの気持ちは、とても馴染みがある。毎日『学校行きたくないな……』と思っていた頃のわたしだ。

まあ、そのうちほんとに行かなくなったんですけどね、ははは……。はぁ。

「……ただいま」

ひとまず、梨地さんのことは心の押し入れに封印しておこう。きょう明日にどうにかなるという話ではないだろうし。

なんだったら、このまま高校生活の三年間で、いつの間にか溶けて消えちゃっていればいいのにな……。

自室へとのろのろ歩いていく、その途中。

妹の部屋のドアが、わずかに開いていた。

わたしはそちらを見やる。

妹は前見たときと同じように、胸に抱いたクッションに寄りかかるように座って、わたしが貸したゲームをプレイしていた。この部屋だけ時が止まっているかのように。

それに……決して楽しそうには見えない。

まるで、昔のわたしみたいだ。

楽しいからゲームをしているんじゃなくて、ただ暇を潰すみたいに、カレンダーをめくるためだけにコントローラーを握っていたあの頃。

そっと、ドアを開く。

「遥奈」

「……ん？」

肩越しに振り返る妹。

「ああ、お姉ちゃん、おかえり」

「うん」

わたしは見えないように、後ろ手に隠した手のひらをぎゅっと握る。

「……」

「なになに？」

突っ立ってるわたしを見て、妹が小首を傾げる。

その顔立ちが、瞳が、夢の中にいた幼い妹に重なって――。

――そうだ。

「思い出した」

「え？」

わたしはあのとき、ひとりクレープ屋さんの車を追いかけて、妹を見捨てて走っていったとばかり、思っていたけど。

そうじゃなかった。

だって妹は、わたしの袖を摑んでいた。

『──』

わたしは後ろから聞こえてくる妹の泣き声を、どうしても振り切ることができなくて、回れ右をしたんだ。

『───』

『──』

立ち止まって泣いている妹のもとへと戻ると、ぎゅっと袖を摑まれた。

置いていってしまったことをいっぱい謝って、泣きじゃくる妹にどうにかして泣き止(や)んでもらおうといっぱい慰めて。

そこはもうすでに、自宅からはけっこう離れていたから、帰り道がわからず。途方に暮れながらも、わたしたちは歩き出した。行きに比べて帰り道は長く。歩いても歩いても、家にたどり着かない気がして、心がポッキリ折れてしまいそうだったけど。

でも、妹の前でわたしまで泣くわけにはいかないから、なんとか元気を振り絞った。

結局、家にたどり着いたのは夕方近くになってから。

情けなくて、忘れてしまいたい。どうしようもない思い出。

だけど。

わたしはちゃんと妹のもとへ戻った。

そうだ、そうだったんだ。

よかった。わたしは最後の最後で、間違えていなかった。

だってわたしは、お姉ちゃんなんだから。

「……お姉ちゃん？」

「うん」

怪訝そうな妹に、わたしは小さくうなずいた。

「そうだよ」

「……なにが？」

「お姉ちゃんだから」

「どういうこと？」

もう妹は、わたしより背も伸びて、すっかりどっちがお姉ちゃんなのかわからないぐらい大きくなっちゃったけど。それでも、妹がわたしの妹じゃなくなるわけじゃない。

だから、正しいとか間違ってるとかじゃなくて。わたしは自分がしたいようにするんだ。

「なにがあっても、わたしは遥奈の味方ってこと」

妹が大きな目を丸くする。

「なにそれ。お姉ちゃんのくせに、なまいき」

妹は、呆れるように笑った。

わたしは妹の部屋に背を向けて、部屋に戻る。

荷物を下ろしてから、スマホを開いた。

胸に手を当てて、深呼吸。

名前も知らない神様に祈る。

たぶんその神様は、クインテットの誰かの顔をしていた。

＊＊＊

数日後の夕方。わたしがメッセージを送った相手が、姿を見せてくれた。

「……またすぐ呼び出すじゃないですか」

不満そうな顔をして現れたのは、先日もお会いした妹の同級生、星来さんだった。

わたしは近くの駅前で、星来さんと待ち合わせをしていた。

どうしても、聞きたいことがあったから。

「ごめん、星来さん、来てくれてありがとうね」

「……どうせまた、遥奈のことですよね」

「そうなんだけど」

わたしは軽く首を傾げる。星来さんは、中学生らしい飾りっ気のない私服の上に、エプロンを身に着けていた。

「その格好」

「え？　あ」

星来さんはそこで初めて気づいたように声をあげて、慌てて胸元を手で隠した。

「こ、これは！　たまたまきょうは、家のお手伝いをしていて！」

胸元にはクリーニング店のロゴが貼りつけてあった。えっと。

「鬼瓦クリーニング店？」

「うっ……！」

嫌いな食べ物を目の前に突き出されたかのように、星来さんは顔をしかめた。

「……そうですけど」

「え？」

思いっきり睨まれる。

「なんか文句あります!?　あたしの名前は鬼瓦星来と申しますけど!?　おにがわらですよ、おにがわら！

「わ、笑わないってば！　はいはい笑いたければ笑えばいいじゃないですか!?」

がるるると詰め寄られて、ブンブンと首を横に振る。

人の名前を聞いて笑うだなんて、さすがに人としてやっちゃいけないことリストの中でも、かなり上位のほうに位置するマナー違反だろう。

わたしは年長者として、星来さんの心を精一杯ケアする。

「か、かわいいよ、鬼瓦って名字！　すっごく星来さんに似合ってる！」

「ケンカ売ってるんだったら買いますけど!?」

「違うってば！　ほら、鬼ってなんかこう、かわいい……そう、かわいいイメージもあるじゃん!?　泣いた赤鬼とかもメチャメチャいい話だし！　鬼舞辻無惨(きぶつじむざん)さまだって大人気だし！」

「せめて例に出すならそこは禰豆子(ねずこ)でしょ!?」

やばい。フォローしようとすればするほど、どんどんと好感度が下がっていく気がする。わたしは本当に話題の出し方がゴミ。

「なんなんですか!?　もう帰っていいですか!?」

「ご、ごめん、用事があって……」

「はぁぁぁぁぁ……」

星来さんは、ずぶ濡れのバスタオルも一瞬で乾くぐらいのため息をつく。

「あたしはもう遥奈のこととか、話したくないんですけど。おねーさんセンパイ、身内にちょっと甘すぎじゃないですか?」

「それは……そうなのかな。そうなのかも」

どうせうまく言えないのだから、わたしはただ素直な気持ちを吐き出すことにした。

「わたしは、遥奈を信じたい」

星来さんが不愉快そうに鼻を鳴らす。

「……あたしが、嘘をついているって言うんですか?」

「そうじゃなくて」

視線を落としながら。

「信じるって、やったとか、やってないとかじゃなくて……。遥奈にも、きっと事情があったんだって、思うんだ」

あの子は、理由もなく人を殴ったりしない。

「もし自分が悪いことをしたんだってわかってるんだったら、ちゃんと問題に向き合って、乗り越えてほしいっていうか……。なんか、そういうのぜんぶをひっくるめて、遥奈のことを信じてるっていうか……」

「よくわかりませんけど……」

星来さんは眉根を寄せる。

「事情……事情ですか。どんな事情があったって、人を殴った事実に変わりはないと、あたしは思いますけどね」

「……うん」

それは、その通りだ。わたしが変えられるのは結局、わたしのことだけ。この想いを、肉親への情を、誰かに丸ごと受け渡すことはできないのだから。

足下には、買ってきたばかりの靴。もうすっかり馴染んで、靴擦れすることもなくなった。

わたしをおんぶしてくれた妹の、その体温を思い出す。

星来さんは、諦めたようにもう一度ため息をついた。

「……ただ、それじゃあ、おねーさんセンパイは、納得できないんでしょうね。いいですよ。今度はなにをしてほしいんですか」

「星来さん」

わたしは顔を上げる。

「いいの？」

「なんだかいいように使われている気がして、ムカつきはしますけど。まあ」

星来さんはエプロンの上で、腕を組む。

「あの遥奈のおねーさんなら、諦めもつきます。身勝手で、いっつも人のこと振り回して……それでも、一応、友達でしたから」

「……そっか」

わたしは大きく頭を下げた。

「ありがとう、星来さん」

遥奈と仲良くしてくれてありがとうの気持ちを込めて。そんなの、遥奈自身が勝ち取ったものであって、わたしが言うようなことじゃないかもだけど。

「くれぐれも、王塚センパイにはよろしくお伝えくださいよ！」

「うん、わかった」

腰に手を当てて言い含めてくる星来さんのしたたかさは、どこか香穂ちゃんに似ている気がして、わたしはほんの少しだけ笑みをこぼすことができた。

改めて、星来さんに告げる。

「実は――」

話を聞いた後の星来さんは、さっきの呆れ顔が嘘のように、絶句していた。

「本気……いや、正気ですか？」

「うん」

どうだろう。うなずいておきながら、自分が正気かどうかには、あんまり自信がない。

誰も見ていないところで学校の窓ガラスを割ってしまったような、なにか大変なことをしでかしているようにも思える。

それでも、ここで目を逸らすのはなんだか卑怯な気がしたから、ぐっと目尻に力を込めて星来さんを見返した。

しばらくの沈黙の後、星来さんがスマホを取り出した。

「……いいですよ。だったら、加害者の姉としての覚悟はできているんでしょうね」

「……っ」

その言い方に、身がすくむ。

だけど、決めたんだ。

わたしは、遥奈の味方をするって。

「お願い、星来さん。湊さんに、会わせて」

＊＊＊

一秒ごとに、体温が一度ずつ下がっていくような気がした。

湊さんは、すぐに来てくれることになった。

夕焼け空の下、わたしは指定された公園で、伸びた影を見つめながら妹に殴られた人を待っている。

星来さんはいない。『居たくない』と言って去っていったから、わたしひとりだ。

自分はきっと、恐ろしいことをしようとしている。

だってこれは、妹に殴られた人に直に会って、『殴られたのはあなたに原因があったんですか？』と聞くような行いだ。喧嘩した相手の姉が現れて、そんなことを言い出したら。それこそ、殴られたっておかしくないな、って思う。

遥奈の味方をするってことは、相手の味方をしないという意味で。

「なにかを選ぶってことは、なにかを選ばないってこと……」

球技大会でわたしが勝ち取った結論に、身が震える。

それはまだまだわたしの心が弱いからだ。

だけど、でも……どんなに弱くったって……わたしは遥奈のお姉ちゃんだから。わたしは遥奈のことを信じてあげたい。今までずっとずっと、わたしに力を貸してくれたんだから。

「そうだ……。ちゃんと、がんばらなくっちゃ……」

自分を鼓舞するように、わざと独り言をつぶやく。

わたしが迎えに来るのを待ちながら泣いている、あの幼い日の妹のことを思い浮かべれば、ここに立っていられるような気がした。

待ち合わせ相手が来てくれることを望みながら、いつまでも現れなければいいと願う。そんな矛盾に満ちたわたしのもとへ。

ざっざっと、足音がした。

極度の緊張を自覚しながら、振り返る。

間違いない。こちらに向かって歩いてくるのは、夏休みに顔を合わせたあの子だ。

遥奈よりわずかに高い身長。切り揃えられたボブカットは清潔感があり、彼女のスッキリとした印象をシルエットで際立たせていた。

顔に、殴られた痕は……もう、残っていない。

だけど、まだ学校は休んでいるんだろうか。

湊さんは、知らない先生に呼び止められた生徒のように、ぼんやりとした表情でわたしの前に立つ。

緊張で口の中が渇く。

「あ、あの、えっと」

会ったらなにを言うか考えていたはずなのに、容器の底に残ったケチャップみたいに、言葉がうまく出てこない。

湊さんの涼やかな口元が、わずかに開いた。

「きょうは遥奈のことでお話があると聞いて来ました」

「あ……」

わたしは胸の前で手を組み合わせながら、こくりとうなずく。

「そ、そう。ごめんね、呼び出しちゃって。来てくれて、ありがとう。わたしは、えっと」

モールス信号みたいにとぎれとぎれ話すわたしに、湊さんは一息に言う。

「遥奈のお姉さんですよね」

「うん。その、夏休みぶり、だよね。キチンと挨拶したことなかったな、って」

この場にふさわしい表情、声色、所作。正解がなにもわからないまま、わたしは手探りで会話を紡ぐ。それでも逃げるわけにはいかない。

「甘織れな子です。いつも、遥奈がお世話に、なっております」

大丈夫。わたしにはできる。わたしはお姉ちゃんなんだから……。

「別に、そんな」

視線を逸らす湊さん。

う……。確かに、ケンカした人間に対しては、皮肉に聞こえてしまう物言いかもしれない。

初手から失敗してしまった……。

いやいや、それでも……！

何度失敗したって、取り返していけば――。

軽く頬を押さえる湊さんは、わたしが自己紹介した流れに乗る。

だが、そこで。

まさか、こんな爆弾が降ってくるとは思わなかった。

湊さんが口を開く。

「梨地湊です。どうも」

——。

音が遠ざかる。

眩暈がした。湊さんが落とした爆弾は、わたしの立っている足元を粉々に破壊したかのようだった。

今、湊さんが名乗った名前は。

それは。

「え？」

「梨地……さん？」

「はい」

外から見えない箱の中には刃物が入っていて、触ると怪我するかもしれないのに、わたしは手を突っ込まずにはいられなくて。

「湊さんってまさか……その、お姉さんがいたり、します？」

正面から見つめた湊さんの、顔には。

面影（おもかげ）が、ある。

「いますけど……」

明らかに様子のおかしいわたしの態度に、湊さんは戸惑うみたいに視線を揺らしてから。

気まずさを打ち消すように、つぶやいた。

「梨地小町。高校一年生です」

次の瞬間。

頭の中に、中学時代のすべてがフラッシュバックした。


――――。

――。


気づけばわたしは。

息苦しくて、息ができなくて。

その場から逃げ出していた。


頭の片隅で、声がする。

もしかして、遥奈が湊さんを殴ったのは――。

──わたしが原因？

目の前が真っ赤になった、次の瞬間。

遥奈(はるな)は拳を振るっていた。

鈍(にぶ)い音がして、悲鳴があがる。

はぁ、はぁ、という荒い息。

湊(みなと)がしりもちをついて、頬を押さえたまま、自分を見上げていた。

『なんなの……なんで！　おかしいよ遥奈！　わけわかんない意地張って、ばかみたい！』

遥奈が前に一歩踏み出そうとすると、そこに星来(せいら)が割り込んできた。

『やめてよ！　友達じゃん！』

『――っ』


歯を噛みしめる。

もう一度、拳を打ち下ろす代わりに。

湊に向かって、遥奈は叫んだ。

『――――』


その声で、はっと気づく。

ここは自室だった。

「……あれ？　あたし」

画面には、点けっぱなしになったランクマッチのリザルト画面。結果は、敗北。

「あ……そっか」

どうやら試合が終わった直後に、軽くうたた寝をしてしまったようだ。

生活リズムが不規則になっている。まだ昼間なのに、眠くて仕方ない。

部活に出なくなったからか、心地よい疲労感を覚えることもなくなった。眠りの質が悪くなった気がする。

昼間、ランニングを何度かしてみたけど、平日の外を走る女子中学生は珍しいようで、人の目が気になってしまい、それもすぐやめた。

今は早朝か、あるいは夜に、近所をグルグルと走っている。

あくびを嚙み殺す。

「だる……」

両手を投げ出して、後ろに倒れ込む。

見上げる天井は、変わり映えのない景色。

手のひらを光に透かす。

「……」

きれいになった手のひら。裏も表も、傷はすっかり治った。

ただ、人を殴った嫌な感触だけが、こびりついている。その気持ち悪さは、いつになっても取れることはないのかもしれない。

「……めんどくさ」

ごろんと横になり、適当にスマホをいじる。

勉強もゲームも、比べる相手がいないからか、張り合いがない。ずっと暇なのに、毎日がすごい速さで流れてゆく。

公園で、ラケットは振っている。それでも、一日ごとに試合感覚を忘れていっている気がする。血がしたたり落ちるように、自分の体から大事ななにかが失われる気分だった。

紫陽花に、紗月に、そして真唯に言われた言葉が、ときおり鎌首をもたげる。心の弱い部分に、噛みついてくる日もある。

だけど、決めたのだ。

二ヶ月。

今がどんなに退屈で、居心地が悪かったとしても、決めたことを曲げるつもりはない。

絶対に。

「あーもう」

遥奈は両手を突き上げる。

「暇だなー！」

独り、部屋でいくら叫んでみても、その声は誰にも届くことはない。

琴紗月のお話　その1

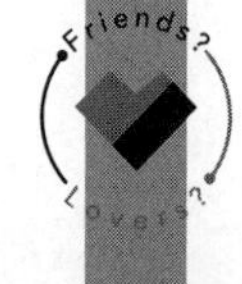

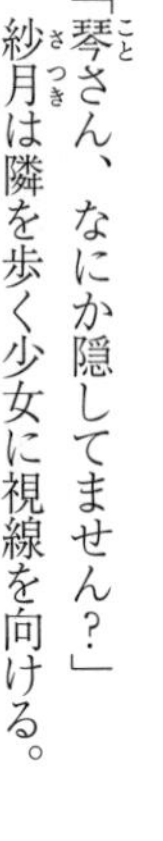

「琴(こと)さん、なにか隠してません？」

紗月(さつき)は隣を歩く少女に視線を向ける。

「どうして、そう思うの」

「んー。探偵のカン？」

照沢耀子(てるさわようこ)が仮面のようににっこりと笑う。紗月はため息をついた。

「別に、隠していようがなんだろうが、どうでもいいでしょう。私たちはあくまでも、甘織(あまおり)れな子と王塚真唯(おうづかまい)を別れさせるために、手を組むだけなんだから」

「そうなんですけど、なーんかスッキリしないんですよねえ。こないだも、男子との合コンを邪魔してきましたし。さっさと浮気の証拠を摑んで、突きつけてやればよくないですかー？」

「あんな強引な手段を取ったら、甘織には余計に警戒されるのがオチよ」

ふたりがいるのは、クイーンローズの本社ビル。

エレベーターに乗り込み、耀子が５Ｆのボタンを押す。

流れてゆく階数表示に目を向けながら、耀子が言う。

「さっすが、れな子クンのことは誰よりもわかっているんですねえ」

「……なに？」

「いやあ別に～。ただ、わたしも探偵の端くれですので、情報収集にはそれなりの自信があるんですよね♪　もしかしたら、カ、ノ、ジ、ョ、さんの知らないことも、摑んじゃってたりするかもしれませんよ？」

「ふうん。どうでもいいわ」

「あれあれ？　そうですか？」

顔を覗き込んでこようとする耀子を、手のひらで追っ払いつつ。

「あなたの言葉は、軽薄だわ」

「え？」

「どこがあなたの本音なのか、わからない。信用できないということよ」

そう告げると、しばらくの間、耀子は黙り込んだ。

耀子は後頭部に手を当てて、唇を尖らせる。

「……はあ。これも探偵の職業病、というやつですかね」

「なにが？」

「いえいえ、なんでも。いいですよ別に。こっちも仲良しこよしでお仕事しているわけじゃありませんので。しばらくは大人しくしてますよー。やることもできましたしねー」

「そう。どっちみち、あなたはまだまだ甘織に警戒されているのだから、私に任せるより他ないはずよ」

「うーん、そうなんですよねえ。もうちょっと早く仲良くなれたらよかったんですけど、思った以上にガードが堅くて。意外としっかりしてますよね、れな子クン」

ただ単に、重度の人見知りというだけなのだが。他人から聞くれな子評はいつもどこかズレていて、紗月は妙な気分になる。

「ままま、れな子クンのほうは、そっちにお任せしますよ。わたしは社長からお預かりしたゲストを、お世話するという役目を賜りましたので」

「……ゲスト？」

「ふふふふ」

思わせぶりに笑う耀子が鬱陶しいので、ぜったいに聞かないでやろう、と心に決めた。

紗月と耀子の前、エレベーターが開く。目的の階に到着したふたりは、廊下を進む。

そこで、紗月のスマホが鳴った。

相手は、真唯だ。こんなときに。

真唯との会話は、あまり他人には聞かれたくない。どんなに些細なことでも。

「あ、わたしに気にせずどぞどぞ」

空気を読んだようで、まったく読んでいない発言だった。

「……先行ってて」

「はいはい」

耀子の背を見送ってから、電話に出る。

「……。もしもし」

『紗月かい』

「私の電話なんだから、そうでしょう」

『君の入浴中には、おばさんが出るときもあるよ』

思わず舌打ちが漏れるところだった。

「次から、お風呂にもちゃんとスマホを持っていくことにするわ。教えてくれてありがとう」

『どういたしまして』

穏やかな真唯の声。この調子からいくと、ただ暇なので電話をかけてきただけのようだ。

「……なにしてたの？」

『こっちはちょうど空き時間になったところでね。コーヒーを飲んで、一休み中さ。缶コーヒーは少し味気がないね。君の淹れたコーヒーのほうがおいしい』

「あんな安物のインスタント」

『だけど、どうしてだろうね。もしかして、隠し味に愛情を入れてくれているとか？』

「スーパーで売ってたら、今度買っておいてあげる」

向こうから、笑い声。

いつもなら『用事がないのなら』と、すぐに電話を切ってしまうところだけど。

ちょうどいい。紗月はほんの少しだけ迷ってから、真唯に問いかける。

「そういえば真唯。なにか最近身の回りで、変わったこととか、ない？」

その言葉に、真唯はなんの疑問も抱かず答えてくれる。

『変わったことか。あったよ』

「それって？」

『君ではない幼馴染みが、私のことを心配して、電話をかけてきてくれたんだ』

紗月は眉根を寄せた。

「……。それは、珍しいわね」

『そうなんだ。てっきり、私も知らないような私に関する良からぬ噂が、また海を越えていったのかと思ったよ』

「人気者は大変ね」

紗月は歩き出す。それさえ聞ければじゅうぶんだ。電話を切ろうとして。

その直後だった。

『……紗月。ちょうど今、メッセージが届いたのだけど』

真唯の声が、引きつっていた。

『いや、なんというか……。青天の霹靂とでも言うのかな』

「どうしたの？」

電話の向こうから、真唯の戸惑いが伝わってくる。

『私の婚約者と名乗る人物が、来日したようだ』


「…………」

紗月の視線の先。目的地であるオフィスには、先に到着した耀子と。

そしてもうひとり――背の高い銀髪の少女が立っていた。

その美貌は、クイーンローズの中にあっても、プラチナのようにひときわ輝いて見える。

こちらに気づいた彼女は顔をほころばせて、嬉しそうに手を振ってきた。

紗月は表情を変えず、真唯に尋ねる。

「それってひょっとして」

『ああ』

真唯は、告げてくる。

紗月の目の前にいる、その少女の名を。

『リュシー・ルフェーベルだ』

あとがき

ごきげんよう、みかみてれんです。

というわけでお届けしました、第6巻。いやあ宣言通り、256ページ以内に収めることができましたね。そりゃそうですよ、ひとつのエピソードを2冊に分けてるんですから、長くなるはずがないんですよ。あの分厚い5巻だって、分冊したら1冊240ページですからね。

6巻、320ページ……？　ウソ……。

………。わかりました。つじつまを合わせるために、**7巻は192ページで出します。**

だってこのままじゃ！　わたしは予定ページ内に物語をまとめる能力がないと自白しているようなものじゃないですか！　悪いのはわたしじゃない！　れな子だ！　このお喋り（しゃべ）りが！

わたしの身の潔白も証明できたことかと思いますので、いつものあとがきを始めます。

1：6巻の内容振り返り（6巻内容のネタバレなし）

というわけで、前後編の前編です。6巻はざっくりと甘織（あまおり）れな子の優れた妹である遥奈（はるな）の話をしつつ、それ以外のお話を進めつつ、という内容でした。

今回の前後編を経て、れな子には厳しい人間社会を生き抜くための力を勝ち取ってもらおうかと思います。すべてを乗り越えてゆくんだぞ、れな子。

てか、やばいな……。前後編の前編が終わったあとがきって、なに書いていいのかわかんないな……。なに言っても後編のネタバレになる気がする……。話を変えよう！

2：今回のカバーのお話

ライトノベルにおいて、もっともカバーが大事な巻というのは、何巻でしょう。

正解は当然1巻ですね。ライトノベルはパッと中身を見て面白いかどうかを一瞬で判別することができないので（中にほぼ文字しか書いてないから！）その分、カバー、帯、あらすじ等を含むパッケージデザインが特に大事な宣伝材料です。

編集者さんにとっては、ここが腕の見せ所！　とされている方も多いかと思われます。お話の印象、期待感、この本を手に取ってもらいたいターゲット層などを、いかにカバーだけで伝えることができるか、世の中の編集者さんは常に頭を悩ませていらっしゃいます。

わたなれも例に漏れず、1巻はかなり打ち合わせをした記憶があります。

では、6巻目のカバーはどうでしょう。もちろんカバーが大事じゃない巻はありません。パッケージを見て手に取ってくださる方は、常にいらっしゃるので。

とはいえ、1巻ほど理論や戦略で狙いにいく必要がないのも事実。その作品の、また違った角度からの魅力を描けたらいいですよね。

というわけで、今回はこうなりました。今までの切り口とは違った、わたなれの魅力を伝えることができるいいカバーになったかと思います。ニッコリ。

ちなみに、わたしが担当さんにお願いしたのは**『スーパー美少女の遥奈の後ろに立つ、百合作品の表紙としてありえない顔をした主人公（れな子）』**です。

わたなれだからこそできる表現ですね。輝いているぞ……。（竹嶋さんありがとー！）

3：竹嶋さんにキャラデザしてもらったよ！

微ネタバレになるんですが、6巻ではもうひとり新キャラが登場しました。これで第2シーズンの主要キャラは出揃ったかと思います。（もしかしたらあと1名出るかも）

新キャラは、竹嶋さんにキャラデザをがんばっていただいたこともあり、なんだかんだ最終的にちゃんと好きになってもらえるよう尽力しますので、7巻以降もお楽しみいただければ。

さらに耀子ちゃんもイラストがつきました。この子も、第2シーズンではメインの働きをすることになるので、よりイメージがわきますね！　ヒュー！

では、なんとなくまとめにうつっていきます。

なんだかんだ毎回、〆切ギリギリまで悩んでいるのはその巻のヒキです。６巻も『どこまで情報を出すか』を。最後の最後まで調整していました。予想を裏切ることばかり気にして、期待を裏切ってしまうとおしまいですので……。

できれば７巻はお早めにお届けできるように……その、がんばっていきたいと思います……。書くことは決まっているので……書くだけなので……！　お待ちを……！

それでは、謝辞に参ります。

竹嶋えく先生、何度も言いますが、**ささこいアニメ化おめでとうございます！**　今回送ってくださった読書感想文ならぬ、読書感想絵は、わたしひとりで楽しむにはもったいなさすぎて、ぜひぜひとこの６巻に収録していただきました。へーイ！（読者さんとハイタッチ）

さらに、この本を作るために協力してくださったすべての方に、ありがとうございます。

また、コミカライズの作画を担当してくださっているむっしゅ先生にも大きな感謝を。コミカライズ６巻も出まーす！　原作３巻編もいよいよ佳境だあ！

さらに、もうひとつのガルコメ『**ありおと**』もよろしくね！　先にわたなれ７巻を書くことになるので、ちょっとお待たせするかもですが、８巻は絢のいいお話にするので……！

それでは、次は後編。過去との決着を描く７巻でお会いいたしましょう！

みかみてれんでした！

わたなれ
6巻!!
うふふっ
うふふっ
れな子
ドひゃあーー!!
れなこさまっ
おんぶシーン印象的でした
リューミちゃーん!!

6巻の原稿読ませていただいた時に描いた感想イラストです。
超落描きでスミマセン…！
ちょっと…ね
ありがと。
好き
尊い
お願いします!!
紗月さん カワイイ

この作品の感想をお寄せください。

あて先　〒101-8050　東京都千代田区一ツ橋2-5-10
集英社　ダッシュエックス文庫編集部　気付
みかみてれん先生　竹嶋えく先生

ダッシュエックス文庫

わたしが恋人になれるわけないじゃん、ムリムリ！（※ムリじゃなかった!?）6

みかみてれん

2023年11月29日　第1刷発行

★定価はカバーに表示してあります

発行者　瓶子吉久
発行所　株式会社　集英社
〒101−8050　東京都千代田区一ツ橋2−5−10
03（3230）6229（編集）
03（3230）6393（販売／書店専用）03（3230）6080（読者係）
印刷所　TOPPAN株式会社
編集協力　梶原　亨

ISBN978-4-08-631528-9 C0193